Christian August Clodius

Medon oder Die Rache des Weisen

Ein Lustspiel in drei Aufzügen

Christian August Clodius

Medon oder Die Rache des Weisen
Ein Lustspiel in drei Aufzügen

ISBN/EAN: 9783742897756

Hergestellt in Europa, USA, Kanada, Australien, Japan

Cover: Foto ©Andreas Hilbeck / pixelio.de

Manufactured and distributed by brebook publishing software (www.brebook.com)

Christian August Clodius

Medon oder Die Rache des Weisen

Vorrede.

Wenn ich mir den Menschen in seiner Hoheit und Würde denken will: so denke ich mir einen Mann, der, ohne die Miene des Heuchlers anzunehmen, Religion besitzt, nach großen und edlen Grundsätzen handelt, und Verstand zeigt, ohne damit zu pralen. Ich denke mir ihn, warm in der Freundschaft, liebreich gegen die, die unter ihm sind, wohlthätig mit Wahl und Verstand, und voll Nachsicht gegen die Fehler des Menschen. Ich gebe ihm ein zärtlich Herz, Empfindlichkeit gegen den Reiz, aber noch mehr gegen die Unschuld und Tugend. Will ich ihn noch um einen Grad erhöhen: so verwickle ich ihn in Unglück. Ich denke ihn, verfolgt von Feinden, verachtet in den Augen der Welt, und von einem gerechten Unwillen wider die schwärzeste Undankbarkeit hingeriſſen. Dieß iſt die größte Prüfung des menſchlichen Adels, dieß iſt die Liebe des Feindes, die alle andere hohe Pflichten übertrifft. Wer dieſe beſitzt, verdient vielleicht von mitleidigen Herzen eine mitleidige Thräne. Aber ich verliere bey dieſem idealiſchen Bilde das Weſen des Menſchen nicht aus den Augen. Er muß Schwachheit haben, ſonſt beleidiget man die Wahrheit. Seine Tugend, ſo ſchön ſie auch iſt, und ſeine Großmuth kann der Liebe eine Erleichterung zu danken haben, ohne daß er dadurch verliert. Denn welche Tugend des Menſchen iſt ſo rein, daß ſich nicht die Leidenſchaften mit ihr vermiſchten? Er kann bisweilen ſeine Weltkänntniß verläugnen, aus Schwachheit das Vertrauen gegen den Freund und die Empfindung gegen das Unrecht zu weit treiben, und in eine Heftigkeit gerathen, die ihn ein wenig von ſeinem Charakter entfernt. Genug, wenn er in dem Augenblicke der Anſtrengung und des Nachdenkens ſich in der Gewalt hat, und da die Grundſätze zeigt, wo ſie ſich in ihrem Glanze zeigen ſollen. Dieſe Betrachtung

Vorrede.

tung verleitete mich zu dem Charakter des Medon. Das gütige Publicum hat ihn mit ausserordeutlicher Nachsicht aufgenommen, und die Kunst vortreflicher Schauspieler wußte ihn, wie den Patrioten, der Aufmerksamkeit zu empfehlen. Kann der Verfasser des Medon seine dankbare Achtung besser bezeugen, als wenn er dem freundschaftlichen Verlangen einiger Kenner, dieses Lustspiel im Druck zu sehen, zuvorkömmt? Und wo kann Medon seine Stelle natürlicher finden, als in einer Abhandlung, die den Sitten geweihet ist, und mitten in der Betrachtung komischer Schriftsteller? Ich wage also diesen Schritt, ermuntert durch das Glück einer dreymaligen Vorstellung, durch die freundschaftliche Kritik der Verfasser der Sara und des Richards, und durch das nachsichtige Urtheil eines Jerusalems, Hagedorns, Gellerts, Klotz und anderer würdigen Männer, von meinen übrigen Schriften. Wenn Medon den Vorzug behaupten sollte, ihnen zu gefallen, wie wenig würde er die Einfälle dererjenigen achten, die unter der Kritik sind!

Spielende Personen.

Oront, Vater der Clelie, und Onkel des Medon.

Medon.

Clelie.

Philint, ein Freund des Medon.

Arist, ein Hofbedienter.

Lisette, Cleliens Mädchen.

Lindor, Medons Bedienter.

Wilhelm, ein alter Bedienter von Medons Vater.

Wilhelm, Sohn des alten Bedienten.

Bedienter, des Oront.

Der Schauplatz ist in Medons Hause.

Medon
oder
Die Rache des Weisen.

Erster Aufzug.

Erster Auftritt.

Medon. Clelie.

Clelie.

Wenn sie noch Liebe für Clelien haben, und nicht wollen, daß sie für Gram sterben soll: so beruhigen sie sich, Medon! Sie haben mich ja selbst Standhaftigkeit im Unglück gelehrt; und ein Herz, wie

das

das ihrige, von allen Vorwürfen frey, sollte sie verläugnen können? Und was haben sie zu fürchten? Sie liebten mich, da sie noch reich waren, und bildeten sorgfältig mein junges Herz zur Tugend. O ich weiß, eine Wohlthat zu schätzen, die weniger schmeichelt, als andere, aber deren Frucht ein glückliches Leben ist. Ist es denn ihre Schuld, daß sie unglücklich sind? Sollte Clelie den enterbten Medon weniger lieben, als den Medon mit Reichthum?

Medon. Sie rühren mich, Fräulein —.

Clelie. Nein, mein Freund, vertrauen sie der Vorsehung, und glauben sie, daß ein Himmel ist, der über die Unschuld und Redlichkeit wacht. Von der Gesinnung meines Vaters darf und kann ich nicht urtheilen, aber von meinem Herzen kann ich ihnen alles versprechen.

Medon. Möchte ich doch würdig seyn —

Clelie. Das sind sie! Und ich schwöre ihnen bey dem Himmel, der ein Zeuge unserer Liebe war, und bey der Tugend, zu der sie mich durch ihr Beyspiel geführet haben, eine unveränderliche Treue. Diese Erklärung wird ihnen Thränen kosten; aber sie kann sie auch aufrichten.

Medon. Großmüthiges Fräulein! Sie übertreffen alle meine Erwartung.

Clelie. Eigentlich sollte ich sie nicht übertreffen. Ihre Grundsätze und ihr vertrauter
Um-

Umgang hat mich, wie sie wissen, über die herrschenden Leidenschaften meines Geschlechts hinaus gesetzt, und überhaupt kostet mich diese Ueberwindung wenig.

Medon. Ihre Bescheidenheit, Fräulein, erhebt ihre Verdienste, so, wie die Unschuld ihren Reiz.

Clelie. Medon! Sie sehen es selbst ein. Einen Mann, der mit unempfindlichem Stolze von der Höhe eines geplünderten Reichthums auf den hilflosen Armen herabsieht, sich zum Gott erhebt, ohne die Milde der Gottheit nachzuahmen; einen solchen Mann, wenn er fällt, beklagen, dieß ist dem edelsten Herzen schwer; aber einen Freund und Wohlthäter, einen Geliebten, und — dürfte ich dich, schmeichelhafters Glück, laut denken!— einen gehoften Gemal auch alsdann lieben, wenn er ohne seine Schuld unglücklich wird, wie leicht, Medon, ist diese Tugend! Ich bin kein Mann, und kein Weiser, wie sie, aber ich will doch auch eine Masse elendes Goldes nicht der Hoheit der unsterblichen Seele vorziehen.

Medon. Ich bewundere die Größe ihrer Denkungsart. Sie würden alle Feinde ihres Geschlechts versöhnen können. Ich erkenne sie ganz in dieser Handlung; aber Clelie — Ihr Vater —

Clelie. Sie haben Recht, ihn zu fürchten. Ich habe schon oft nachgedacht, ob es unter den Menschen eine geheime Antipathie giebt,

in der sie gebohren werden; denn aus dem Ei=
gennutze allein kann ich den Haß und die Ver=
achtung nicht erklären, mit welcher mein Va=
ter gegen sie erfüllet ist.

Medon. Fräulein! Ihr gutes Herz kennt
die Leidenschaften nicht. Sie sind noch jung
und gut; aber glauben sie mir keine geheime
Antipathie. Oront haßt mich seit meiner Kind=
heit. Mein Vater war ohne Hoffnung, Er=
ben zu haben. Oront schmeichelte sich, sein
Vermögen zu besitzen. Ich ward gebohren, und
durch meine Geburt verlor er seine Aussichten.
Meine Erziehung, mein Charakter, mein Betra=
gen gegen ihn, alles war ihm verhaßt. Sie
wissen es, daß er gegen gewiße Wahrheiten
gleichgültig ist, die ich verehre. Ich habe ihm
widersprochen, ich habe es gewagt, ihm die
Stirne zu bieten. Ach Fräulein! Stoff genug
zum Haße gegen mich. Der Eigennutz, mit
einem widersinnigen Charakter verknüpft, geht
oft bis zur äussersten Rache.

Clelie. Von dieser Rache meines Vaters
habe ich unter ihrer Abwesenheit in Frankreich
die deutlichsten Merkmale erhalten, so geheim=
nißvoll er auch gegen mich in ihren Angelegen=
heiten gewesen ist. Ich bemerke seinen ungemeß=
nen Unwillen alle Tage. Seine Stirne nimmt
andre Falten an, und sein Ton wird stolzer, so
bald er sie sieht, oder von ihnen spricht. Viel=
leicht ists der Unterschied ihrer Denkungsart und
die Zurückhaltung.

Medon.

oder die Rache des Weisen.

Medon. laßen sie uns diese Gründe nicht untersuchen; laßen sie uns vielmehr auf Mittel denken, wo möglich, nach und nach sein grausames Herz zu erweichen. Jetzt aber müssen wir noch einen Sturm aushalten, ehe wir das Ufer erreichen. Sie wissen, daß ich die Regierung gebeten habe, zu entscheiden, ob die Ursachen meiner Enterbung rechtmäßig sind. Ist ihr Vater der Besitzer meines Vermögens mit Recht: so wird ihn diese Untersuchung nicht beleidigen können. Ich mußte sie zu meiner eigenen Rechtfertigung übernehmen. Ein von seinem Vater enterbter Sohn ist in den Augen der Welt ein verhärteter Bösewicht, und ich habe den Muth nicht, diesen empfindlichen Vorwurf zu tragen. Aus dieser Absicht habe ich dem Philint den Auftrag gethan, mit dem Minister zu sprechen. Sie kennen Philinten — von seinem Eifer kann ich alles erwarten, ob er gleich seit meiner Zurückkunft aus Frankreich zurückhaltender ist, als vormals. Wir wollen diesen kritischen Zeitpunkt abwarten. — Verbergen sie unterdessen vor ihrem Vater sorgfältig unser Geheimniß, und glauben sie, daß ich noch immer Muth habe, mein Schicksal zu tragen. Aber die Natur hat ihre Rechte und Gesetze. Auch die richtigste Vernunft hat oft keine Gewalt über unsere Stirne, wenn sie sie auch schon halb über unser Herz hat. Verlassen sie mich jezt, ich erwarte den Philint: und ihre Gegenwart würde ihn hindern, offen zu seyn. (Er küßt ihr die Hand.)

Clelie.

Clelie. Diese Hand, Medon, wie dieß Herz, ist ihre — Es ist in meinen Augen nur Ein Medon.

Medon. (umarmt Clelien) Und in den meinen nur Eine Clelie.

Clelie. (lächelnd) Sie umarmen zuweilen zärtlich genug für einen Philosophen — leben sie wohl, Medon. Vielleicht, wenn auch die Entscheidung nicht zu ihrem Vortheile ausfallen sollte, bin ich noch von der Vorsehung bestimmt, sie zu retten. Behauptet mein Vater ihr Vermögen, so kann ich ihnen durch meine Hand einen Theil desselben wiedergeben. Dieß ist die einzige Vorstellung, die mich noch in der Verwirrung ihrer Angelegenheiten aufrichtet. Doch gestehe ich ihnen gern, daß ich von seiner Härte das Aeusserste befürchte. Sie waren ihrer Ehre dieses Unternehmen schuldig; aber ich sehe noch tödtliche Folgen derselben voraus. Leben sie wohl! (Sie geht ab.)

Medon. (In Gedanken.) Reiz, Jugend, Unschuld und Großmuth vereint — Gott! und alles für Medon! (Er wirft sich auf den Stuhl, und denkt nach.) Philint kommt nicht, und ich habe ihn doch so sehr gebeten. Vielleicht halten ihn Geschäfte zurück. Lindor! — doch hier kommt er selbst.

Zweyter Auftritt.

Medon, Philint.

Philint. Sie haben befohlen, Medon, daß ich ihnen aufwarten soll.

Medon. Ich habe sie darum ersucht — Wir sind jetzt alleine. Ehe ich auf meine Angelegenheit komme, sagen sie mir, ich verdiene diese Offenherzigkeit, warum sind sie seit meiner Zurückkunft aus Frankreich so zurückhaltend, und seit einigen Tagen so zerstreut? Ich lese auf ihrer Stirne einen Kummer, der mich beunruhiget.

Philint. Das Mitleid mit ihrem Schicksale — die Verwirrung, die überhaupt in diesem Hause herrscht — ein heimlicher Mangel, der ihrer Großmuth zur Last wird.

Medon. Das erstere macht ihnen offenbar Ehre; denn man muß ein sehr edel Herz haben, um so viel zu empfinden: und das letztere bringt ihnen keinen Nachtheil. Aber dieses Mitleid muß sie nicht von mir entfernen, und ihren Mangel werde ich zu erleichtern wissen. Sie sehen die Verwirrung, in der ich jetzt bin. Ohne Vater, ohne Freund, in der Erwartung, mein Vermögen zu verlieren. Jetzt, mein Freund, bedarf ich ihres Raths und ihres Beystandes mehr als jemals. Sie wisser es — wenigstens habe ich mir Mühe gegeben, sie davon zu überzeugen — wie aufrichtend

tend ein Blick, eine Mine, ein Wort eines Freundes ist, wenn wir leiden. Er ist ein Arzt, den wir lieben, wenn er auch nicht helfen kann, weil wir auf seiner Stirne den Willen lesen, uns helfen zu wollen. Wir fühlens, wenn er noch unsere sterbende Hand drücket, und wir sammlen unsere letzten Kräfte, ihn zu umarmen, wenn es ihm seine Pflicht gebeut, uns das Todesurtheil anzukündigen — Doch auf unsere Angelegenheiten zu kommen: Haben sie den Minister meinetwegen gesprochen?

Philint. (bey Seite) Ein jedes Wort, das er sagt, ist mein Urtheil; aber ich muß ihm antworten — Ja! Medon.

Medon. Und wie haben sie ihn gefunden?

Philint. Ich komme ohne alle Hoffnung zurück. Dront hat mächtige Freunde am Hofe, und es wird schwer werden, einen Plan über den Haufen zu werfen, der mit vieler List entworfen ist.

Medon. Erklären sie sich deutlicher.

Philint. Einmal ist ohne Widerspruch bekannt, daß ihr Vater — die Gründe wollen wir nicht untersuchen — die letzten Jahre seines Lebens in einem öffentlichen Widerwillen gegen sie gelebt, und daß er sie durch ein Testament in Form enterbt hat.

Medon. Das will und kann ich nicht läugnen; aber haben sie nichts zu meiner Entschuldigung zu sagen gewußt?

Philint.

Philint. Ich weiß, was sie sagen wollen. Ihre gezwungene Reise nach Frankreich war ein Kunstgriff ihres Onkels, sie zu stürzen, und das freye Feld zu behalten. Er hatte das Herz ihres Vaters in seiner Gewalt, er haßte sie, er ist im Verdachte, durch geheime Kunstgriffe ihre Enterbung befördert zu haben. Alles dieses sind Möglichkeiten. Ein Grad von Wahrscheinlichkeit giebt ihnen Gewicht; aber auf der andern Seite steht eine Verordnung in der Form, eine Erklärung, die alle Muthmaßungen ausschließt. Urtheilen sie selbst, ob der Hof hier Gewalt zu ihrem Vortheile brauchen kann?

Medon. Ich fordere keine Gewalt, ich fordere eine Untersuchung der Gründe, aus denen mich mein Vater enterbt hat, und diese Untersuchung fürchte ich nicht. Mein Wandel war vor den Augen der Welt unsträflich. Die Liebe zur Weltweisheit und zu den Wissenschaften überhaupt entfernten mich frühzeitig von allen den glänzenden Eitelkeiten, in der oft eine sinnlose Jugend die hohe Bestimmung des Menschen verläugnet.

Philint. Vielleicht gab ihre Reise ihrem Feinde Gelegenheit; denn die Verläumdung —

Medon. Die Reise, die ich auf Befehl meines Vaters, wider meinen Willen, nach Frankreich that, war keine Reise aus Eitelkeit. Ich bin allemal ein Feind des lächerlichen Stolzes gewesen, mit dem deutsche Jünglinge ihren

Charakter verläugnen, und unbekannt mit den Vorzügen der Ausländer, einen Ton der Narrheit und Ausschweifung, zurückbringen, der sie in den Augen eines Volks lächerlich macht, das nicht aus der Rhone trinken darf, um denken zu lernen.

Philint. Ich zweifle daran nicht, aber das Vorurtheil — die verschiedenen Absichten —.

Medon. Warum soll ich unter diesem Vorurtheile leiden? Meine einzige Absicht war, Weltkänntniß zu erwerben, die Denkungsart der Ausländer zu kennen, ihre Erfindungen zu nutzen, sie zu bewundern, wo sie Original sind, und sie zu verachten, wo sie Laster und Narrheit für Hoheit und Anstand verkaufen. Mein Umgang war gewählt; ich war in dem Hause des Gesandten und in seinem Gefolge. Dieß sind meine Reisen; der Hof kann sich davon unterrichten. Daß mein Vater mich die letzten Jahre keines Briefes gewürdiget, und mir durch Fremde den Befehl geben ließ, in Frankreich zu bleiben, und seine weitern Verfügungen zu erwarten, ist ein Merkmal seines Zorns; aber das beweiset noch nicht, daß ich seinen Fluch und die Enterbung verdient habe. Wenn der Minister, der ein gerechter Mann ist, diese Gründe untersucht, so wird er wenigstens urtheilen, daß man, ohne ungerecht zu seyn, in so einer verwirrten Sache Erklärung fordern kann. Ich würde ihm alles dieses selbst vorgetragen haben; aber ich begreife nicht

nicht, warum er mich seit einiger Zeit von sich entfernt.

Philint. (versteht) Ich muß ihnen gestehen, daß mich dieses auch beunruhiget, und ich habe ihnen auf seinen Befehl zu sagen, daß er sie künftig in diesen Angelegenheiten nicht selbst sprechen wird. Vielleicht hat er gegründete Ursachen dazu, vielleicht will er ihnen im Verborgenen dienen, weil Oront wichtige Freunde am Hofe hat, doch gestehe ich ihnen, daß ich die wahre Ursache noch nicht ergründe. Sie wissen, daß die Grossen zuweilen der Veränderung fähig sind — ich will das nicht sagen, aber ich habe ihn heute etwas kälter gefunden, als jemals.

Medon. Was sie mir hier sagen, würde mich beunruhigen; aber ich kenne sein Herz: das ist genug. Ein Mann, dem der Fürst seine Ehre, sein Land anvertrauen darf, kann von den Unterthanen weder gefürchtet, noch in Verdacht genommen werden. Ich begreife auch seine Zerstreuung. Wer ein Schiff auf einem stürmischen Meer führt, und so viele Klippen zu vermeiden hat, der denkt auf sein Ruder, und vergißt, was neben ihm vorgeht. Lassen sie uns, Philint, von dieser Angelegenheit abbrechen. Gerechtigkeit und Klugheit wird hier entscheiden. Wir wollen der Vorsehung den Ausgang überlassen, und von einer Sache reden, die mir näher ist, als mein Vermögen. Wissen sie schon, wie weit die

die Großmuth der vortreflichen Clelie geht, und wie sehr sie selbst meine Erwartung übertrifft?

Philint. Nein! aber von ihrem Charakter kann man sich alles versprechen.

Medon. Nun so hören sie denn, und behalten sie dieses Geheimniß.

Philint. (bey Seite mitleidig und ängstlich). Ach es ist zu spät! Noch weis er sein Elend nicht ganz. Gesetzt, ich wollte es — Dront hat schon alle Waffen in der Hand.

Medon. Sie kennen meinen Onkel: urtheilen sie selbst, ob es jetzt Zeit ist, ihm mein Herz zu eröffnen. Er würde meinen Plan zerrütten, und mir zuletzt auch noch das einzige Glück rauben, das ich noch auf der Welt habe. Clelie hat dem enterbten Medon diesen Augenblick einen Eyd geschworen, ihn nie zu verlassen. Clelie hat in meiner Umarmung geweint, und ist allen meinen Wünschen zuvor gekommen.

Philint. Sie sind sehr glücklich.

Medon. Ja, Philint. Jetzt erst erkenne ich, daß sie mich um mein selbst willen liebt, und ich danke meinem Elende einen glorreichen Sieg, um den mich meine Feinde beneiden. Ein einziger solcher Zug versöhnt mich mit der Menschlichkeit, und läßt mich die geheimen Kunstgriffe meines Onkels vergessen. Es scheint überhaupt, als wenn die

Natur versucht hätte, mit meinem Geschlechte zu spielen, und das edelste Herz dem niedrigsten entgegen zu stellen. So viel mich Clelie liebt, so viel haßt mich Dront.

Philint (bey Seite.) O könnt' ich dich auch hassen, so würde ich jetzt mehrere Entschlossenheit haben! (zu Medon) Doch diese Liebe könnte entdeckt werden, Dront ist schlau, er bemerkt leicht —

Medon. Das will ich nicht hoffen. So wenig ich der Verstellung fähig bin, so fähig bin ich der Verschwiegenheit. Einem jeden andern Vater würde ich mich zu Füssen werfen. Aber er ist noch nicht Vater — er opfert noch jetzt Natur und Pflicht seinem Stolze und Eigennutze auf.

Philint (bey Seite). Länger kann ich nicht bey ihm aushalten — (zu Medon). Haben sie noch Befehle zu geben? Gewisse Geschäfte —

Medon. Keine Befehle — thun sie, was ich ihnen aufgetragen habe. Brauchen sie das, was ich ihnen zu meiner Vertheidigung gesagt habe, zu meinem Vortheile bey dem Minister, und wirken sie mir, wo es möglich ist, die Erlaubniß aus, ihm selbst aufzuwarten.

Philint (im Weggehn). Ich bin einmal auf dem Meere zwischen zwo Klippen. Der Sturm mag mich anschlagen, wo er will, ich werde scheitern. Glücklich, wenn ich noch ein Ufer finde, wo ich mich retten kann!

Dritter Auftritt.
Medon (allein.)

Ja, ich wundere mich nicht, daß Philint zerstreut ist; ich setze mich in Gedanken in seine Verfassung — aber Clelie ist eine Ausnahme in der Natur. Ich schätze sie noch höher, wenn ich sie mit mir selbst vergleiche. So wahr bleibt es, daß es leichter sey, die Gründe der Weltweisheit zu wissen, als sie auszuüben. Himmel! du hast die Schicksale der Menschen in deiner Gewalt. Deine Wege sind verborgen. Wie wirst du das meinige auflösen? Doch ich küsse die Hand, die mich demüthiget. Von Natur zum Stolze geneigt, von falscher Ehre geblendet, würde ich wohl die wahre Hoheit der Seele, und die edle Verleugnung zufälliger Güter, in der das Herz des Weisen sich zeigt, empfunden haben? Und was ist denn eigentlich mein Unglück? In einem Jahre Herr einer halben Million, in eben diesem Jahre enterbt und ein Bettler. Von der edelsten Seele geliebt, und von dem grausamsten Menschen verfolgt, beraubt und verlassen. Aber wenn die Bosheit Gewalt über mein Vermögen hat, hat sie Gewalt über mein Herz und über meinen Verstand? Nein, Creatur, so tief hat dich der Himmel nicht erniedriget! — Habe ich Menschen beleidigt? Habe ich dem Elenden Hülfe versagt? — Und ich kann mich unglücklich nennen? — Nein! das ist nur ein Name,

der

der den Lasterhaften zukommt. Wer einen Freund hat, wer geliebet wird, wer durch die Arbeit seiner Hände sich auf eine anständige Art nähren, und dem Mangel trotzen kann, der ist weder unglücklich noch verachtet.

Vierter Auftritt.

Medon. Lindor.

Medon. Hast du meinen Befehl vollzogen?

Lindor. Ja, gnädiger Herr.

Medon. Was macht der arme Junge?

Lindor. Er war für Freuden ausser sich. Er folgte mir nach. Er ist selbst hier, thun —

Medon. Laß ihn zu mir, und warte, bis ich dich rufe.

Lindor. Ich habe Ew. Gnaden noch vielerley zu sagen.

Medon. Das hat Zeit!

Fünfter Auftritt.

Medon. Der junge Wilhelm.

Wilhelm. Ich komme, gnädiger Herr, ihnen für ihre letzte Gutthat zu danken.

Medon. Wie denkest du sie anzuwenden?

Wilhelm. Zu meiner Bildung und zu meinem Fortkommen in der Welt.

Medon. Was verstehst du unter Fortkommen?

Wilhelm. Ein ehrlicher Mann zu seyn, arbeitsam und treu.

Medon. Du hast gute Gedanken. Hast du sie von dir selbst?

Wilhelm. Nein, gnädiger Herr, der arme Mensch, den sie ernähren, und mir zum Unterricht gaben, hat diese gute Gedanken. Ich lerne alle Tage noch von ihm.

Medon. Gut! vergiß aber niemals, daß die Zeit der Jugend kostbar ist, und alle Augenblicke des Lebens gezählt werden müssen.

Wilhelm. Nein, gnädiger Herr! ich wollte lieber unglücklich seyn, als unwissend bleiben, und ich liebe sie eben deswegen so sehr, weil sie mich so treu unterweisen lassen. Mein Vater ist ein armer Mann —

Medon. Dein Vater ist arm. Du darfst deswegen nicht verzweifeln. Man ist immer reich, wenn man genug hat — Was macht dein alter Vater?

Wilhelm. Er ist seit einigen Tagen sehr schwermüthig. Er spricht sehr viel Gutes von Ew. Gnaden, und von dem gnädigen Fräulein auch.

Medon. Sage ihm, daß ich mich deiner annehmen werde, so lange ich kann. Er hat lange

lange in meinem Hause gedienet, und meinem Vater die Augen zugedrückt.

Wilhelm. Ja, daran denkt er sehr oft mit Thränen. Sie sind wohl, gnädiger Herr, darum so ein lieber Herr geworden, weil ihr Vater so ein rechtschaffner Mann war.

Medon. Ja, mein Sohn! die Erziehung und das Beyspiel thun viel.

Wilhelm (lächlend und vertraut.) Ja, gnädiger Herr! mein Vater ist ja wohl auch ein rechtschaffener Mann: und so könnte aus mir wohl auch noch was werden.

Medon. Ja freylich, mein Sohn! aber laß dir auch die Wissenschaften einen Ernst seyn. Die Vorsehung hat oft aus niedrigen Ständen brauchbare und edle Leute fürs Vaterland gebildet. Vielleicht hast du auch noch diese Zufriedenheit — lebe wohl — rufe meinen Bedienten, und grüsse deinen Vater.

Sechster Auftritt.

Medon. Lindor.

Lindor. Gnädiger Herr!

Medon. (zerstreut). Hast du Briefe aus Frankreich erhalten?

Lindor. Nein, Ihro Gnaden!

Medon. So hast du sie abgegeben?

Lindor. Noch weniger, gnädiger Herr! denn ich habe einen Grund gehabt, es nicht zu thun. Briefe die aus Frankreich nicht ankommen, giebt man in Deutschland nicht ab: das ist ein Grundsatz.

Medon. Du bist sehr weise für einen Bedienten.

Lindor. Und Ew. Gnaden sehr zerstreut für einen Philosophen. Bald sollte ich glauben, daß der Mann Recht hat, der immer schreibt, Ew. Gnaden wären in ihren Schriften so dunkel.

Medon. Wer ist das?

Lindor. Je, wer will alle Leute kennen! ich habe dieß Blatt von meinem Schneider; (er zieht ein gedrucktes Blatt aus der Tasche) da lesen sie selber.

Medon. (liest.) Der Mann macht auch Verse. (liest weiter, und lächelt.) Der seichte Kopf! Zween Kenner hatten mich getadelt; wenn mich dieser Schriftsteller gelobt hätte, so hätte ich meinen Kriegsgott ausgestrichen. (er giebt das Blatt dem Bedienten zurück) Da —

Lindor. Ich habe eine ganze Sammlung von solchen Schriften, die mein Herr um der Kleinigkeit wegen nicht behalten will, weil kein Verstand darinnen ist, und ich finde doch immer noch eine Menge Zeugs darinnen, das mich belustiget. Es leben alle schlechte Schriftsteller für meine Privatbibliothek;

Medon.

Medon. Geh! laß mich alleine.

Lindor. Wie Ew. Gnaden befehlen (er zieht einen Geldbeutel aus der Tasche,) — Aber gewisse hundert Ducaten —

Medon. Was willst du damit sagen?

Lindor. (im Weggehen.) Nichts — das hat Zeit —

Medon. Hast du vergessen, daß ich gewußt habe, Tonnen Goldes zu verlieren? aber weißt du auch, daß hundert Ducaten viel glückliche Leute machen können? Rede! wo sind sie her?

Lindor. Von dem Verleger.

Medon. Und wofür?

Lindor. Für die kleine Schrift, die sie in Frankreich ausgearbeitet, und nach ihrer Zurückkunft ihm gegeben haben.

Medon. Hundert Ducaten?

Lindor. Ja! gnädiger Herr, ich bin auch darüber erstaunt. Bey drey Autoren habe ich gedienet, und niemals den Casum in terminis gehabt. Entweder Ew. Gnaden müssen ein ganz besonderer Autor seyn, oder man bezahlt ihnen ihren Adel; und auch das ist selten: denn ich weis Adel, der eben so wenig bezahlt wird, als er bezahlt — und wenn dieses ist, so ist ihr Verleger ein Original in seiner Art.

Medon. Du bist ein Thor! Niemals schmäht man ganze Stände. Alle Verleger edel denken, heißt, alle Autoren klug haben wollen — willst du das?

Lindor. Nein, dafür bewahre mich der Himmel! Aber, gnädiger Herr, nur noch eine Frage. Sie wissen, ich bin ein treuer Bedienter, war denn das Werk tiefsinnig, und so recht aus dem Grunde gelehrt?

Medon. Das kann seyn.

Lindor. Aber, gnädiger Herr, es waren ja Verse darinnen, und da sagte mein erster Herr — wenn sie ihn nur hätten sehen sollen, man sahe es ihm gleich an der Stirne an, daß er tiefgelehrt war — alle Verse sind Possen und Zeitverderb — sagte der liebe Herr, es ist, als wenn ich ihn noch hörte —

Medon. Dieß war eine Moral, die er niemanden, als einem Bedienten sagen konnte. Ein wenig mehr Klugheit würde ihn vor diesem übereilten Urtheile bewahrt haben. Newton und Hobbes lasen den Homer, und dein Herr war, wie ich merke, kein Newton und Hobbes — Doch deine Narrheit verleitet mich zu einer andern, ich rede gelehrt mit dir — Warte! (bey Seite). Wie kann ich dieses unvermuthete Geschenk edel anwenden? Lindor! trage dieß Geld zum Philint, und sage ihm: seine Zurückhaltung, sein Mangel —

Lindor. (ängstlich) Gnädiger Herr!

Medon.

Medon. Was zauderst du?

Lindor. Sagen sie mir nur, wie sie mit aller ihrer Weisheit das verantworten wollen? Wieder zum Philint! und der Mann ist doch so zurückhaltend und geheimnißvoll gegen sie, und seine Gesichtsbildung hat die Ehre, mir gar ausserordentlich zu misfallen — über dieses hat auch der alte Wilhelm, der Bediente, mir immer Sachen erzählt —

Medon. Dieses sind Träume. Hast du Beweise?

Lindor. Nein! aber ich begreife wenigstens nicht, wie die Vertraulichkeit des Philints mit ihrem Feinde Oront bestehen kann.

Medon. Du begreifst mehr nicht — Ich habe Ursache ihn zu lieben, und bin ihm ein offenes Herz schuldig. Enthalte dich in Zukunft, mir ein Wort zu sagen, das ihn beleidigt — Weißt du, daß er mein Freund ist?

Lindor. Ja, gnädiger Herr! Sie wären ein rechter guter Herr — denn wahrhaftig, ich liebe sie, wie meinen Vater — wenn sie nur nicht so großmüthig wären. Die Augen gehen mir über, wenn ich daran denke, daß wir, seit dem wir in der Gefahr sind, unser Vermögen zu verlieren, Tag und Nacht arbeiten; das, was wir sauer erwerben, andern mittheilen, und daß sie mir auch noch verbieten, davon zu reden. Das ist zu viel für einen Bedienten.

Medon.

Medon. Aber nicht für einen Mann von Ehre und Erziehung — Geh, und thue, was ich dir befehle — ein Bedienter muß nie selbst denken. Und wer hat dir das gesagt? Hast du Mangel?

Lindor. Ach gewiß, gnädiger Herr, den wollte ich lieber haben, als sie leiden sehen. Sie rühren mich. Sie sind so gut, so gut — Wäre ich nur einen Augenblick von Adel, ich würde sie umarmen! —

Medon. (legt die Hand auf Lindors Schulter, und würdigt ihn einer Art von Umarmung.) Guter Junge! man braucht dazu keinen Adelbrief. Ich schätze ein gutes Herz, wo ich es finde. Aber vergiß, was ich gethan habe. Ich lasse von meinem Vorrechte nach, aber misbrauche diese Güte nicht. So handele ich mit Fürsten, und so handele auch du gegen deinen Herrn — Geh, und trage das Geld zum Philint.

Lindor. (im Weggehen.) Wo es diesem Manne unglücklich geht, so mag ich nicht glücklich seyn auf der Welt.

Siebenter Auftritt.

Medon (allein.)

Man ist noch nicht unglücklich, wenn man andern noch dienen kann. Ich hatte das kleine Wert

Werk nicht aus Eigennutz geschrieben, sondern, um gute Empfindungen ins Vaterland zu streuen, und Menschen von der Seite zu gewinnen, die oft durch den stolzen und gebieterischen Ton mürrischer Köpfe von den schönen Pflichten der Tugend und der Vaterlandsliebe abgeschreckt werden. — Ich erhalte dafür eine Belohnung. Wie kann ich sie besser anwenden, als mir das Herz meines Freundes wieder zu öffnen? Gott! was ist es vor eine schöne Empfindung, Gutes zu thun! Nur darum wünschte ich mein Vermögen behaupten zu können. Wie viel Menschen könnte ich dadurch glücklich machen!

Achter Auftritt.

Medon. Lisette.

Lisette. (weint.) Gnädiger Herr!

Medon. Was fehlt dir?

Lisette. Wir sind alle verloren!

Medon. Und warum?

Lisette. Ihr Onkel —

Medon. Was ist ihm wiederfahren? Kann ich ihm helfen?

Lisette. Guter, lieber Herr! Sie sind in dem Augenblicke für sein Leben besorgt, da er darauf denkt, sie völlig unglücklich zu machen. Elelie ist ausser sich — Er kam mit einem wütenden Tone zu uns ins Zimmer, und gebot mir

mir mich zu entfernen — Ich hörte ihren Namen nennen, und Clelien weinen. Ich komme her, sie vorzubereiten — doch hier kommt sie selbst.

Neunter Auftritt.

Die Vorigen. Clelie.

Medon. Sie weinen, Clelie! Einziger Reichthum, den ich noch auf der Welt habe, sie weinen! Reden sie — was ist ihnen wiederfahren? Ihr Vater —

Clelie. Ich habe ihnen eine erschröckliche Nachricht zu sagen — Sie verlieren —

Medon. Mein ganzes Vermögen, Clelie, nur nicht sie!

Clelie. Und mich verlieren sie, Medon —

Medon. Wie ist das möglich? — reden sie deutlicher.

Clelie. Unser Geheimniß ist verrathen.

Medon. Das kann nicht seyn, Clelie! Der Himmel, sie, Philint, ich, wir allein wissen es — Wenn der erste kein Wunder gethan hat, so muß unter uns ein Verräther seyn, und wen kann dieser schimpfliche Verdacht treffen? — Lisette —

Lisette. Fragen sie das Fräulein — ich bin ein armes Mädchen, aber verrathen habe ich nicht gelernt.

Medon.

Medon. Und was sagt denn ihr Vater der unerbittliche Mann, der Mann, von dem sie, dem Himmel sey Dank! keinen Zug haben?

Clelie. Er hat mir einen Gemahl bestimmt, den ich nicht kenne, und den er mir noch nicht nennen will. — Er verlangt blinden Gehorsam, und macht mir die bittersten Vorwürfe über sie, Medon. Ich verstehe aus seinen dunkeln Reden nichts weiter, als dieses, daß es ihm noch zu wenig ist — Gott! muß ich dieses von einem Vater sagen — Ihnen ihr Vermögen geraubt zu haben, er will auch ihre Ehre und die meinige —

Medon. Halten sie ein — das ist zu viel! Wo ist er?

Clelie. Gott! was wollen sie thun?

Medon. Mich ihm zu Füssen werfen, versuchen, ob in seinem grausamen Herzen noch ein verborgener Funke von menschlicher Empfindung ist, ihm sagen, daß —

Clelie. Medon! Sie machen mich und sich unglücklich! Hören sie nur —

Medon. Länger kann ich dieses Geheimniß nicht für mich behalten. Ein Schatten von Verdacht würde ihre Ehre beleidigen, und — ich schwöre bey dem Himmel, in dessen Angesichte ich ihnen mein Herz anbot, ich will — entsetzlicher Gedanke — Clelie — ich will (er giebt ihr die Hand, und drückt sie) sie lieber verlieren, als beschimpft sehen. Ist es ein Verbrechen,

chen, sie geliebt zu haben, so soll es die ganze Welt wissen, daß ich der Verbrecher bin. Verlassen sie mich, ich höre ein Geräusch — er ist es selbst.

Clelie. Leben sie wohl! Mein Herz, meine Ehre und die ihrige ist in ihren Händen (geht mit Lisetten ab).

Zehenter Auftritt.
Medon. Oront.

Medon. Da kömmt der Grausame — diese ruhige Stirn, die er in seiner Gewalt hat, ist eine Meerstille, die ein Ungewitter verkündiget.

Oront. Ihr habt also noch Hoffnung, durch den bey Hofe anhängigen Rechtshandel euch eines Vermögens zu versichern, das, nach der Verordnung eures Vaters, mir zugehöret?

Medon. Gnädiger Herr! ich unterwerfe mich dem Urtheile des Hofes. Das Bewußtseyn, meinen Vater niemals beleidigt zu haben, sein jählinger Tod, die in meiner Abwesenheit vorgefallenen Veränderungen veranlassen mich, die Gründe meiner Enterbung untersuchen zu lassen. Ich bin meinem eignen Glücke und meiner Ehre schuldig, keine Nachläßigkeit zu begehen. Ich überlasse das Urtheil denen, die meine Obern sind, und der Gerechtigkeit. Kann ich in einem Staate, wo bürgerliche Gesetze gelten, behutsamer verfahren?

Oront.

Oront. Der Gerechtigkeit — oder vielmehr der erschlichenen Gnade eines Ministers, die man durch elende Verse, durch eine vorgegebene Weltweisheit, und durch kriechende Schmeicheleyen erkauft hat, und die man eben so leicht wieder verlieren kann?

Medon. Halten sie ein, gnädiger Herr! Sagen sie wider mich, was ihnen ihr feindseliges Herz eingiebt, schonen sie aber einen Mann, der zur Ehre des Fürsten den Staat verwaltet, und für den vielleicht in dem Augenblicke, da ihm gestrafte Bösewichter fluchen, hundert Waysen mit Thränen beten.

Oront (spottend). Ihr seyd sehr heftig, Medon!

Medon. Und sie, mein Onkel, sehr grausam!

Oront. (spottend mit falscher Demuth.) Ich gestehe es euch, ich habe gefehlt — vergebt dieses meiner Einfalt, und dankt eurer ausserordentlichen Weisheit den Vorzug der Einsicht. Ihr habt Welt — ihr kennt den Hof — euer vormaliger Reichthum und eure Reisen in die Länder, wo die Artigkeit wohnt, hat euch den grossen Ton besser einsehen lernen, den ich im Staube nicht kannte. Vielleicht werde ich auf eure Kosten etwas wesser.

Medon. Ich verstehe diesen wüthenden Zug. Niemals ist die Spötterey weiter getrieben worden. Allein — Weltkänntniß oder nicht — ich will lieber hintergangen werden, als selbst hintergehen. In meinen Augen ist die Verläumdung ein niedriges Laster. Wenn darinnen ein Theil der Weltweisheit besteht, so will ich ihn mir zuschreiben, ohne darüber zu erröthen.

Oront. Ich bewundere eure Offenherzigkeit und eble Einfalt. Wer kann so einem erlauchten Beyspiele widerstehen? Ich will euch einen Beweis geben, daß ich wenigstens eifere, euch ähnlich zu werden. Man hat mir gesagt, daß Clelie die Ehre hat, euch nicht zu mißfallen.

Medon. (gerührt) Gnädiger Herr! —

Oront. Ihr nehmt Theil an ihrem Glücke, das weis ich; denn die Menschenliebe ist eine eurer schönsten Pflichten, und die ander Art von Liebe wird eure Weisheit nicht erlauben, denn ihr denkt sehr abstrakt —

Medon. Ich muß ihnen gestehen, daß ich nicht stolz genug bin, mich von jeder Leidenschaft frey zu sprechen, die sich mit dem ernsthaften und guten Bürger verträgt. Nach meinen Grundsätzen sind nur allein strafbare Neigungen verboten; man kann, glaube ich, die Ausschweifungen der Natur fliehen, ohne die Natur zu verläugnen.

Oront. Ich merke wohl, euer System ist in Frankreich etwas bequemer geworden — Doch auch eure Umstände möchten euch wohl nicht erlauben, ohne Schwachheit jetzt an eine andre Neigung zu denken, als an eine platonische. Es liegt euch auch im Grunde nichts
daran,

daran, durch wen eure Freunde glücklich werden. Um euch also ihrentwegen zu beruhigen, kann ich euch nicht verheelen, daß ich einen Plan für Clelien entworfen habe, der euch lieb seyn wird.

Medon. (bey Seite.) Gott! jetzt wird er mein Urtheil sprechen!

Oront. Lisette!

Medon. Gnädiger Herr!

Oront (gebietherisch.) Clelie!

Medon. (bey Seite.) Ich zittere für dieser Entwickelung!

Eilfter Auftritt.

Die Vorigen. Clelie.

Clelie. Sie haben befohlen, mein Vater —

Oront. Ja! was ich dir vorhin in deinem Zimmer erkläret habe, das wiederhole ich. Ich habe meine Ursachen, warum Medon es wissen will, daß du versprochen bist.

Clelie. Aber, mein Vater —

Oront. Entferne dich den Augenblick; wenn Oront befiehlt, so verlangt er Gehorsam.

Clelie. (weint.) Und für Clelien ist nichts übrig als Thränen.

Oront. Es giebt Thränen des Eigensinnes, Thränen des Stolzes und der Halsstarrigkeit — und dein Geschlecht versteht diese Pantomime — Geh! (Clelie geht ab.)

Zwölfter Auftritt.

Oront. Medon.

Medon. (bey Seite). Jetzt ist der Augenblick, den ich ergreifen muß, oder ich werde verlieren — (zu Oronts Füssen.) Gnädiger Herr! wenn es noch nicht zu spät ist, so widerrufen sie ihren grausamen Entschluß — hier sehen sie mich zu ihren Füssen — Um der Offenherzigkeit willen, mit der ich sie vielleicht beleidiget habe — Nehmen sie mein ganzes Vermögen, ich will alle Ansprüche darauf aufgeben; aber geben sie mir, und, wenn sie dagegen unerbittlich sind, geben sie sich Clelien wieder. Aus Furcht, sie zu erzürnen, habe ich es ihnen seither verborgen, daß ich sie anbete — Um der Unschuld willen, die auf der Stirne dieses Engels schwebt, lassen sie sich erweichen — Und wenn Medon —

Oront. Um dieser Unschuld willen, die wie ihr sagt, auf der Stirne dieses Engels schwebt, will ich sie aus euren Händen retten. Ist sie so heilig wie ihr sagt, warum habt ihr Bösewicht mir ein Geheimniß aus eurer Liebe gemacht? Und seyd ihr so sehr ihr Freund, wie könnt ihr das Vermögen ihres Vaters an euch reissen, und sie dadurch unglücklich machen wollen? Antwortet!

Medon. Ich liebte sie, ehe ich noch arm war, und meine Absicht war, sie und ihren Vater durch meine Hand und durch mein Vermögen glücklich zu machen. Die unerwartete Enterbung zerrüttete meinen Plan, aber über mein Herz hatte das Unglück keine Gewalt. Urtheilen sie selbst.

Oront. Gut — ich will großmüthig seyn, ich will sie euch geben.

Medon. (bey Seite.) Welch eine unerwartete Veränderung! — Zu ihren Füssen —

Oront. Haltet ein — dankt nicht zu früh — Kennt ihr das Herz der Clelie?

Medon. Ob ich es kenne? Liebe, Sanftmuth, Grazie —

Oront. Verdient sie die Achtung der Welt oder nicht?

Medon. Die Ehrfurcht aller derer, die Unschuld und Hoheit der Seele zu schätzen wissen.

Oront. Nun so seyd selbst Richter, ob sie genug verschuldet hat, die Gemahlinn eines Mannes zu werden, der — zittert für dieser Erklärung — in wenig Tagen, unter dem spottenden Hohngelächter des Volks, gebrandtmarkt an seiner Ehre, als ein Aufrührer, Verräther und Flüchtling aus seinem Vaterlande entweichen und vergessen wird, durch ehrenrührige Schriften, unter der Miene der Vaterlandsliebe, den Staat zu empören,

pören, durch falsche Processe das Vermögen anderer, und durch geheime Kunstgriffe Gemahlinnen zu erwerben.

Medon. Mein Blut erstarrt, und mein Herz empört sich unter diesem abscheulichen Bilde. Hat man jemals einen so niedrigen Verdacht auf einen Mann von Ehre bringen können! Setzen sie noch einen Räuber, einen Mörder hinzu, so haben sie einen vollendeten Bösewicht. Aber reden sie, gnädiger Herr, wenn sie nicht ganz Barbar sind. Was sind das für geheimnißvolle Wendungen? Sie haben mich als Onkel auf ihrem Arme stammeln hören — sie sind ein Zeuge von meiner Erziehung — mein sterbender Vater muß auf dem Bette des Todes —

Oront. (trotzig.) Ja, im Angesichte des Todes hat er dich für das erklärt, was du bist, in dem Augenblicke, wo die Leidenschaften aufhören, und die Seele freyer denkt, hat er dich enterbt. Und willst du einen Beweis deines neuen Verbrechens wissen — (er zeigt ihm einen Brief.) Du kennest die Hand — ließ (er geht ab.)

Medon. Gott! es ist die Hand des Ministers. (er liest) „Ihr Vetter ist des Hochverraths schuldig."

Oront. (kommt zurück, reißt ihm den Brief aus den Händen.) Du wirst dein Schicksal von Niedrigern erfahren, als ich bin — Denke auf deine Sicherheit, und wenn du klug bist, auf deine

oder die Rache des Weisen.

deine Flucht (bey Seite.) Ich will an meine Sicherheit auch denken. (zu Medon.) Dieses Haus hier war dein, in zwo Stunden wirst du ein Fremdling darinnen seyn. (er geht ab.)

Dreyzehnter Auftritt.

Medon. (allein.)

(Nach einer tiefen Stille.) Ist es ein Traum? Medon, wer bist du? Ein Flüchtling — ein Verräther — gebrandtmarkt an der Ehre! Ha! diesen Schimpf soll er mit Blute büssen! (Er greift nach dem Degen, und will abgehen.) Doch halt ein, Elender! Wenn du keine andere Waffen wider die Verläumdung in dir selbst hast, so ist deine Liebe zur Weisheit eine Einbildung — aber höher konnte man die Prüfung nicht treiben.

Vierzehnter Auftritt.

Medon. Lindor.

Medon. Lindor! eile zum Philint, und sage ihm, daß —

Lindor. Eben komme ich von ihm her, und bin in meiner Meynung mehr als jemals bestärkt.

Medon. Worinnen? Was willst du damit sagen?

Lindor. Das, was ich ihnen schon oft gesagt

gesagt habe, daß ich aus dem Menschen nicht klug werden kann. Ich überreiche ihm ihr Geschenke, er erschrickt, wird blaß, steht mit zum Himmel gerichteten Augen, und fragt mit ängstlicher Stimme: woher hat dein Herr noch das Vermögen, mir Gutes zu thun? Er dringt in mich, und ich bin so ehrlich, ihm die Geschichte ihres Verlegers und ihres Buches zu erzählen. Da ich das Buch nenne, seufzt er laut, windet die Hände, flucht auf ihren Onkel, und weint. Kurz, gnädiger Herr, ich vergesse in meinem Leben die Bestürzung des Philints nicht, ob ich sie gleich nicht erklären kann.

Medon. Ich kann sie erklären. Edle Seelen sind feiner Empfindungen fähig, und es ist für sie schwerer, sich verpflichten zu lassen, als sich andere zu verpflichten. Aber gehe eilend zu ihm, und sage ihm, daß meine Ehre, meine Sicherheit, mein Leben, von einem Augenblicke abhienge, und daß ich meine ganze Hoffnung auf ihn gesetzt habe. Aber gieb ihm diese Nachricht mit einer ruhigen Miene, damit ihn der Schrecken nicht überrasche. Was muß ein Herz wie das seinige, das noch von der ersten Dankbarkeit glüht, bey so einer blutenden Nachricht empfinden! Ich erwarte ihn, und mit ihm die Aufklärung dieses Schicksals. (Lindor gehet ab).

Funf=

Funfzehnter Auftritt.
Medon. Clelie.

Clelie. Mit der Gefahr meines Lebens eile ich zu ihnen. Sagen sie mir, Medon, was geht mit ihnen vor? Was will die Wuth sagen, die in den Augen meines Vaters ruht? Er ist in einer Bewegung, in der ich ihn noch nie gesehen habe. Er hat sich in sein Zimmer eingeschlossen, und den alten Wilhelm rufen lassen, der mit einer sehr verwirrten Miene von ihm wieder zurück kam.

Medon. Verlassen sie mich, Clelie, um ihrer und meiner Sicherheit willen. Ihr Vater hat tödliche Pfeile aufgelegt: der Verlust meines Vermögens ist gegen seine übrigen Unternehmungen ein Spiel des Witzes. Ich kann ihnen nichts erklären, denn ich stehe da, wie ein Geblendeter, der im Augenblicke das Licht des Tages verliert. Was ich ihnen sagen kann, ist — ich habe von der Hand des Ministers ein Urtheil gelesen, für dem sie erschrecken werden — ich bin, sagt er, des Hochverraths schuldig.

Clelie. Ach Gott! Medon — Solche Seelen sind über diesen abscheulichen Verdacht erhaben — Sie irren sich.

Medon. Ob ich mich irre?

Clelie. O wie sind wir gefallen Medon! Ich will hingehen, und mich zu den Füßen des Ministers —

Medon.

Medon. Ums Himmels willen, bleiben sie zurück! Diese Scene könnte sie in den Augen des Hofes verdächtig machen. Philint hat schon von mir den Auftrag, ich habe ihn rufen lassen.

Clelie. O Medon! versäumen sie ja keinen Augenblick.

Medon. Mein Glück und das ihrige erfordert, daß sie mich jetzt verlassen. Sie kennen die Wuth ihres Vaters. Wir wollen dem brennenden Feuer keine neue Nahrung geben. (Clelie geht ab.)

Sechzehnter Auftritt.
Medon. (allein.)

Nun fängt sich nach und nach an, der schwarze Entwurf zu entwickeln, den der Geitz meines stolzen Verwandten wider mich gemacht hat. Was sind das für aufferordentliche Beschuldigungen! Ich, der ich keine Schrift schrieb, in der nicht Ehrfurcht für den Thron und Liebe fürs Vaterland ausgedrückt war — ich, ein Verräther des Vaterlandes! Aber wie ist es möglich, daß der Minister auf einmal seine Denkungsart ändert? Sollte mein Onkel in seiner Wuth so weit gegangen seyn, sich bis zur Verläumdung herabzulassen? Elender Reichthum, den ich verachte, welche Folgen hast du für mich gehabt! und Herz des Menschen, was bist du für ein Geheimniß! Doch hier fange ich an, deine Würde zu fühlen,

len, Gewissen! Und wenn Könige der Erden, und eine Welt wider dich aufträte, du stehst allein standhaft wider eine Welt und ihre Könige! Im Staube wollte ich mich krümmen, und der Verzweiflung mich überlassen, wäre ich vor deinem Richterstuhle strafbar! Doch ich bin die Untersuchung dieser Beschuldigung meiner Ehre schuldig. Der Grausame! warum hat er mich mein Urtheil nicht ganz lesen lassen? Ich sollte es von Niedrigern erfahren! Ha! wer kann niedriger seyn, als du bist, barbarischer Mann! Ein Fluch seines Volks, und die Schande der Erde sey der, der die Unschuld unterdrückt und das Laster erhöht!

Ende des ersten Aufzugs.

Zweyter Aufzug.
Erster Auftritt.

Philint. (allein.)

Bey jedem Fußtritte zittert unter mir die Erde — Was soll ich ihm antworten? — In dem Augenblicke, da ich ihn verrathe, nimmt er den Rest von seinem Vermögen, um mir wohl zu thun — Verflucht sey der erste Gedanke, einen Mann unglücklich zu machen,

der

der weiter keinen Fehler hatte, als den, leichtgläubig gegen einen Verräther zu seyn — Undankbarer! was hast du gewagt! — Ich eile, ihn aufzusuchen, den Bösewicht, der mich um alle Empfindungen gebracht hat — ich will den Dolch, den er mich gelehrt hat, in die Brust eines Menschenfreundes zu stossen, herauswinden, um ihn in die Brust eines Verräthers zu drücken.

Zweyter Auftritt.

Philint. Oront.

Oront. Ich suche sie Philint, um ihnen zu sagen, daß wir unsere Absichten erreicht haben. Ich erwarte noch diesen Abend die Verurtheilung des Medon und die Bestätigung des Testaments.

Philint. Wollte der Himmel, daß diese verdammte Absicht nicht erreicht worden wäre! Ich hasse sie, Oront! Sie haben mich zu einer Handlung verleitet, wider die sich Natur und Pflicht empört. Ich bin durch sie grausam, und an einem Bruder zum Verräther geworden.

Oront. Lächerliches Vorurtheil! Was wollen sie wieder mit ihrer hypochondrischen Tugend? Ueberlassen sie dergleichen Hirngespinste dem Medon, und handeln sie als ein Mann, der Welt hat. Funfzig Jahre habe ich ohne Cabale gelebt, und funfzig Jahr war ich

ich bettelarm; im ein und funfzigsten ward ich ein Betrüger, und reich — wer auf einmal vom Bittler bis zum Herrn einer Million aufsteigen will, der muß sich über vorgefaßte Meynungen empor heben. Diesen Schritt haben sie unter meiner Aufsicht gewagt, und wenn sie sich ihre enthusiastischen Einfälle nicht blenden lassen, so werden sie in zwo Stunden die Entscheidung ihres Schicksals hören, und zu ihrem Vortheile —

Philint. Sie reden nach ihren Grundsätzen: aber wissen sie auch, daß ich seit dem Augenblicke, da ich ihnen gefolgt, den Menschen weniger empfunden habe — Haben sie noch einige Begriffe von Ehre und Pflicht? Antworten sie: was ist ein Verräther?

Oront. Das was sie sind — das, wenn sie es wollen, auch ich bin, und ein Narr, wenn er zurück tritt, und sich selbst anklagt — Die Seele aller menschlichen Handlungen ist der Eigennutz. Diese glänzenden Tugenden sind methodisirte Laster. Wir betrügen alle, aber nur wenig grosse Seelen gehen im Betruge bis zum Heroischen.

Philint. Noch einen Augenblick — lassen sie sich einen Fall vortragen — Ein Mensch ist arm, von aller Welt verlassen, verachtet —

Oront. Desto schlimmer für ihn.

Philint. Er entdeckt sich einem Freunde —

Oront. Da thut er sehr übel; denn es giebt keine Freunde.

Philint. Er wird von ihm unterstützt, dringt in alle seine Geheimnisse — und diesen verräth er —

Oront. Das finde ich so ausserordentlich nicht, das geschieht in der grosen Welt alle Tage.

Philint. So hören sie etwas, das nicht alle Tage geschieht, und worüber sie zittern müssen, wenn sie noch ein menschliches Herz haben. Wissen sie wohl — der edle und wohlthätige Mann giebt an seinen Verräther die Belohnung, die er für das Werk erhalten hat, das jeder gebraucht hat, ihn zu stürzen — Finden sie hier noch von dieser Seite den Menschen?

Oront. Reden sie deutlicher!

Philint. Das will ich — Er schreibt eine Schrift, die Original ist, und die wahre Liebe des Vaterlandes, ohne blinden Enthusiasmus, lehrt; ich schreibe eine andre, die dem Staate gefährlich ist, trage die abscheulichsten Grundsätze hinein, und bringe ihn durch verbotene Kunstgriffe in den Verdacht einer Empörung wider den Staat. In dem Augenblicke, da ich ihn verrathe, erhält er hundert Ducaten zur Belohnung seiner Schrift, und diese giebt er an mich, um mich aus dem Mangel zu retten. Er arbeitet — ein Barbar würde diese Stelle fühlen — mir das Leben zu erhalten, da ich daran arbeite, ihn zu tödten.

Oront. Ein Autor, der Ruhm hat, verdient

dient Züchtigungen. Wer heißt ihn Ruhm haben?

Philint. Wenn sie ihr Herz fragen wollen, so wird es ihnen nie an Ausflüchten fehlen. Wo eine Furie in dem Herzen wohnt, da breitet sich Nacht und Finsterniß über den benachbarten Verstand, und wer einmal so weit gekommen ist, dem Gewissen Bande anzulegen, der trägt die Fesseln der Laster, ohne sie zu fühlen. Aber zu der Härte bin ich noch nicht gekommen: das Laster hat bey ihnen die Reife, aber bey mir dem Himmel sey Dank; steht es noch in Knospen.

Oront. Ich weis ohngefähr, was eure räthselhaften Wendungen sagen wollen. Nun ist die Reihe an mir — wollt ihr mich hören?

Philint. Redet!

Oront. Wer hat den sterbenden Vater des Medon alle die falsche Nachrichten von seinem Sohne hinterbracht, und seinen Zorn bis zur Enterbung seines Sohnes gereizt?

Philint. Ich.

Oront. Wer hat das Buch geschrieben, worinnen Hochverrath und Aufruhr stand, und das den Medon stürzt?

Philint. Ich.

Oront. Wer hat durch diesen Kunstgriff den Minister hintergangen? das Vatterland empört?

Philint. Ich! Satan! aber auf deine Eingebung.

Oront. Nun so geh, und kündige dich öffentlich als den Verfasser an; sage dem Minister, daß du ein Verräther bist; und dem Fürsten, daß du die Majestät entheiliget; erhebe den Medon auf seinen philosophischen Thron; krieche auf den Knien, und bitte ihn demüthig um Vergebung. Aber fürchte und wähle! — Hier ist Clelie, Reiz, Schönheit, Jugend, Reichthum — dort ist Medon, Schande, Verachtung, Verbannung, Tod. Wenn du willst.— Wähle! willst du stehen oder fallen?

Philint. Fallen; aber unter meinen Ruinen auch dich mit vergraben. Der Reiz und die Schönheit der Clelie hat mich bey meinem ersten Entwurf geblendet: und die schmeichelnde Hoffnung, sie einmal besitzen zu können, führte mich nach und nach meinem Verderben entgegen; aber ihr sanfter Character hat mich schon halb überwunden. Deinen Reichthum fange ich an zu verachten. Von dem Betruge zur Tugend zurückkehren, ist keine Schande, und ein ehrlicher Mann auf der Flucht zu seyn, glorreicher, als ein Bösewicht im Vaterlande.

Oront. Gehe in deinem wahnsinnigen Entschlusse so weit, als du willst; aber rechne nicht auf meinen Untergang mit dem deinigen. Ich habe durch deine eigene Schuld so viel erworben, daß ich das ausführen kann, was ich

ich angefangen habe: und es soll mich wenig kosten, auch dich zu stürzen. Gold wird seine Wirkung haben, so lange Metall Metall, und das Herz Herz ist: Aber ich traue dir so viel Verstand zu, daß du dich nicht muthwillig selbst unglücklich machen wirst. In einer Stunde ist unsere Sache entschieden. Ich will noch einmal zu Elelien gehen, und ihr nunmehr ohne weitere Zurückhaltung deinen Namen nennen, und den Ehevertrag unterzeichnen lassen, alsbann nach Hofe eilen, und meine Geschäfte zu Stande bringen. Denke auf dein Glück und an den Reiz meiner Tochter.

Philint. Aber wie können sie das verlangen? Vergessen sie, daß Medon —

Oront. Beruhige dich seinetwegen — ich will ihm so viel geben, daß er eine Weile leben kann, und wir auch — Gehe zu ihm, und spiele deine Rolle fort.

Philint. (bey Seite.) Ich bin in einer Zerstreuung und Ungewißheit, die bis zur Betäubung geht.

Oront. Versprichst du mir Treue? Erkläre dich; von dieser Erklärung hängt dein Schicksal ab.

Philint. (mit Unwillen.) Sie wollen es — so handeln sie nach ihren Grundsätzen — aber fürchten sie —

Oront. Geh! Du bist klüger, als du sprichst (im Weggehen bey Seite.) Ich verlasse
mich

mich nicht auf seine Treue, aber auf die Furcht. Er müßte den Verstand verloren haben, wenn er sich selbst unglücklich machte: eben deßwegen habe ich ihn so tief in das Verbrechen verwickelt, daß er nicht zurück kann.

Dritter Auftritt.

Philint. (allein.)

Ich bin auf einem Felsen, wo ich von beyden Seiten ein Grab vor mir sehe. Tod zur Rechten, und zur linken Tod! Medon, mein Wohlthäter, mein Freund, ein Heiliger! wenn ich ihn gegen die Rotte halte, zu der ich gehöre, wird durch mich verrathen, enterbt, aus dem Hause verdrängt, aus dem Vaterlande verjagt, das eine Wüste werden würde, wenn mehr Oronte, und weniger Medons darinnen wären — Warum unterzeichnest du nicht lieber sein Urtheil, und führst ihn zum Tode: so würde er nur einen Augenblick leiden, da du ihn jetzt einen langsamen Tod sterben läßest — (Er wirft sich auf einen Lehnstuhl, und nach einigem Nachdenken redet er weiter.) Wenn er einmal die schrecklichen Verbrechen entdecken wird, welche blutige Thränen wird er nicht weinen! Thränen, die sein Vater weinte, da er ihn für einen Verlohrnen, für einen Mörder hielt. Ich höre noch den sterbenden Greis seufzen, ich lese in seiner Miene noch alle die Qualen, die er ausstand. Der Fluch, den
ich

ich ihm ablockte, ist mir noch ein Donner in meinen Ohren. Meine Betäubung nimmt zu, wenn ich an die letzte großmüthige Handlung denke. Wenn wir auf einer Insel beysammen wohnten, und er hätte noch ein halbes Brod, so würde er es mit mir theilen, und morgen dem Tode trotzen — (Er steht wieder auf.) Aber wie kann ich zurück treten? Ich kenne die Wuth des Oronts: kein Verbrechen ist so groß, dessen er nicht fähig wäre. Und wem soll ich mich entdecken? Soll ich mich in dem Augenblicke, wo ich Ehre vor der Welt habe, als einen Bösewicht ankündigen? Mit welcher Miene soll ich dem Minister unter die Augen gehen? Medon hat mich an ihn zuerst empfohlen. Alle Wohlthaten des Hofes gegen mich sind sein Verdienst — Unter die Füße getreten, wie ein Wurm, werde ich da liegen! — Welch Gefängniß und Elend wird genug seyn, mich zu züchtigen? Was habe ich geschrieben — Worte, deren sich ein Lovelace schämen würde — Es ist nicht möglich, daß meine übrigen Schandthaten verborgen bleiben können. Soll ich dem alten Wilhelm, der ein Zeuge meiner abscheulichen Verbrechen ist, den Dolch in die Brust stossen, um ihn stumm zu machen? Ha! das ist ein Verhältniß, das die Qualen der Hölle erreicht — Hier kommt er selbst.

Vierter Auftritt.

Philint. Medon.

Medon. Ich habe sie mit Ungeduld erwartet: sie sind vorbereitet, mich unglücklich zu sehen; aber nun sehen sie mich beschimpft und verrathen.

Philint. Sie sind weder beschimpft noch verrathen; und sind sie es: so wird die Vorsehung über sie walten, und sie auf eine Art retten, die sie vielleicht nicht voraus sehen können.

Medon. Aber wie kann ich an mein Schicksal denken, ohne zu zittern? Sind sie von meinem ganzen Elende unterrichtet?

Philint. (mit Thränen.) Ach! ich bin es mehr, als sie glauben.

Medon. Nein, sie sind es nicht, Philint! Ich rede nicht von dem elenden Vermögen, dessen Verlust ich um ihrentwillen mehr beklage, als um meinetwillen —

Philint. (bey Seite.) Mehr um meinetwillen! — Dieser tödtliche Streich hat noch gefehlt.

Medon. Hören sie also: Ich habe Clelien verloren, und bin durch die schwärzeste Verläumdung zum Verräther erklärt worden. Sie sind Zeuge, ob in meinem Herzen Ein niedriger Zug ist. Eilen sie zu dem Minister; sagen

sagen sie ihm, daß ich für Schrecken ausser mir bin, daß mein wider mich aufgebrachter Onkel mich eine Stelle aus einem Briefe von den Händen des Ministers lesen laſſen, die eine der schrecklichsten Verläumdungen vorausſetzt — Gehen sie den Augenblick, fordern sie Erklärung über dieses Geheimniß, und wenn er einen Eid verlangt, schwören sie — ich nehme die Verantwortung auf mich — schwören sie, daß Medon nicht gelernt hat zu verrathen — sagen sie ihm — denn ich habe sie ihm empfohlen, da ich noch Macht hatte — daß ein Bösewicht aus der Hölle entsprungen seyn muß — Doch sie schweigen, sie richten die Augen zur Erde —

Philint. Ich sollte ihnen für die letzte Großmuth noch danken — Doch die Zerstreuung, in der ich bin —

Medon. Denken sie jetzt nicht an diese elende Wohlthat, für die ich genug belohnt bin, weil sie davon gerührt sind. Beklagen sie vielmehr, daß sie nun durch mich ihre Unterſtützung verlieren. Ach Philint, sie sind reicher als ich, sie haben Ehre, sie verlieren keine Clelie, sie behalten ihr Vaterland! Eilen sie zum Minister — Ich will gehen, und mich von dieser Zerstreuung zu sammeln suchen. Gehen sie, und retten sie, wenn sie können, meine Ehre und mein Leben. (Er geht ab.)

Fünfter Auftritt.
Philint. (allein.)

Geh, Wohlthätiger! Großmüthiger! und hat die Ehrfurcht noch einen größern Ausdruck, auch der — Du sollst erfahren, daß die Seele des Menschen zwar in den Stricken des Undanks und des Eigennutzes verwickelt werden kann; aber daß sie auch die Gewalt hat, sich von den Ketten loszureissen. Ich Unglücklicher! Soll ich meine eigene Schande bekennen? Ja! Was ist Schande? Zu sagen, daß ich ein Bösewicht war, und aufhöre, es zu seyn? oder errathen zu lassen, daß ich es noch bin? Unselig sey der Augenblick, den ich verliere — Die Gluth greift um sich — ich werde sie löschen, oder mich selbst in die Flamme stürzen. Wenig Augenblicke später, so ist der völlige Ruin des Medon — Doch Himmel! was sehe ich!

Sechster Auftritt.
Philint. Clelie.

Clelie. (bey Seite.) Er ist allein — (zum Philint) Erinnern sie sich, Philint, daß Medon mit dem Vertrauen des zärtlichsten Freundes ihnen sein Herz eröffnet, daß er sie, wie seinen Bruder, geliebt, und unter Thränen, die der Himmel gezählt hat, in ihren Armen gestanden, daß er nichts auf der Welt mehr verehrt, als mich und sie —

Philint.

Philint. (bey Seite.) Himmel! sollte sie schon von meinem Verbrechen unterrichtet seyn!

Clelie. Sie kennen meinen Vater — sie sind seit einiger Zeit sein Vertrauter — Was mir ein Geheimniß ist, ist ihnen vielleicht keines. Sie wissen es, daß Medons Vermögen in fremden Händen ist. Sie haben die traurige Verfassung, in die er durch eine verborgene Anklage gerathen ist, erfahren. Haben sie noch einige Empfindung von Mitleid und Dankbarkeit, so hören sie mich, und durch mich die Stimme der Natur, der Liebe und einer warnenden Gottheit.

Philint. Sagen sie nur, was ich thun soll — ich zittere —

Clelie. Ich verlange nicht, in alle die Geheimniße einzudringen, die mir meine eigene Geburt verabscheuungswürdig machen könnten. Ich will voraus setzen, daß Oront, mein Vater, den Reichthum des Medons mit Recht besitzt. Ich verlange nicht den reichen Medon zurück: durch seinen Umgang habe ich gelernt, äussern Glanz zu verachten, mich in einer ehrsamen Armuth einzuschränken, und in Unschuld und Einfalt Freyheit und Hoheit zu suchen. Aber ich will diesen redlichen Mann vor den Augen der Welt gerechtfertiget wissen, und, ohne die Schande seiner Feinde zu entdecken, ihm seine Ehre erhalten. Und das ist es, was ich von ihnen fordere.

Philint. Ich sage ihnen, daß ich eben aus der Absicht nach Hofe gehen will: verlassen sie mich also.

Clelie. Nein, ich verlasse sie nicht eher, bis sie mir eine Erklärung thun —

Philint. So reden sie, Clelie!

Clelie. Sie wissen es, daß mich mein Vater ihnen zur Gemalin bestimmt hat. Diesen Augenblick, ehe er nach Hofe gieng, hat er mir diese Erklärung gethan —

Philint. (zu den Zuschauern.) Werde ich den Muth haben, es zu läugnen? (zu Clelien.) Gnädiges Fräulein, hier ist ein Mißverständniß. Ihr Vater hat eine Absicht, von der ich noch nicht unterrichtet bin.

Clelie. Gut, so werden sie es wohl bald seyn, und in diesem Falle hören sie mich. Sollten sie grausam genug seyn, in diesen Plan zu willigen? Und getrauen sie sich, einem Manne, der noch jetzt sein Leben für sie lassen würde, wenn sie es forderten, das letzte Gut, das ihm noch auf der Welt übrig ist, mit leichtsinnigen Händen zu entreissen? Und wenn sie es nicht wollen, werden sie den Muth haben, diesen gesetzlosen Contract freywillig zu zernichten!

Philint. (zerstreut.) Sie zu besitzen, muß freilich das größte Glück auf der Welt seyn; doch sie dem Medon zu entreissen, ist eine Grausamkeit, der ich selber nicht fähig bin. Ich kann

kann die Verwirrung, in der ich bin, nicht entwickeln. Aber in diesem Augenblicke fasse ich einen vesten Entschluß, der sie von der einen Seite beruhigen, aber von der andern in ein neues Elend zurück stürzen wird.

Clelie. Schwören sie mir also —

Philint. Ja, ich schwöre ihnen einen Eid — doch es kommt jemand, ich muß sie verlassen. (geht ab.)

Siebenter Auftritt.
Clelie. Lisette.

Lisette. Gnädiges Fräulein?

Clelie. Was willst du, Lisette?

Lisette. Ich will des Todes seyn, wenn sie und Medon nicht vom Philint betrogen werden.

Clelie. Das fürchte ich auch. Aber woher hast du den Grund es zu muthmaßen?

Lisette. Lindor und ich haben kein Geheimniß.

Clelie. Hat dir Lindor etwas entdeckt?

Lisette. Ja! Und aus der Absicht, Ew. Gnaden zu warnen.

Clelie. Und was sagt er?

Lisette. Zweymal ist er in den Angelegenheiten des Medon bey dem Philint gewesen, und zweymal hat er ihn in der äussersten Verwirrung gefunden. Hierzu kommt noch der Umstand, daß Wilhelm sehr ängstlich bittet, Ew. Gnaden zu sprechen, und ihnen ein Geheimniß entdecken zu dürfen.

Clelie. Was kann Wilhelm entdecken?

Lisette. Das weiß ich nicht. Aber heute ist Welhelms Sohn bey dem Medon gewesen, seit dem Augenblick ist sein Vater ausser sich.

Clelie. Warum hat er sich nicht an den Medon gewendet?

Lisette. Weil Medon für den Philint eingenommen ist, und dem Lindor verboten hat, ein Wort zu seinem Nachtheile zu sagen. Sie werden es sehen, gnädiges Fräulein, es ist hierunter ein Geheimniß verborgen. Vielleicht erfahren sie bald, daß ihre Vertraulichkeit mit dem Medon nicht durch meine Schuld verrathen worden ist. Ich armes unschuldiges Mädchen habe sie beyde so lieb, daß ich sterben würde, wenn sie mich im Verdacht hätten.

Clelie. Geh! Hier kommt mein Vater. — den ersten Augenblick, den ich frey habe, will ich Wilhelmen rufen lassen — Gott, wenn dieser Verdacht gegründet wäre! (Lisette geht ab.)

Achter Auftritt.

Clelie. Oront.

Oront. Erkennest du mich für deinen Vater, und weißst du die Gränzen der väterlichen Gewalt?

Clelie. Ich habe von meiner ersten Kindheit an keinen heiligern Wunsch gehabt, als den, rechtschaffen und fromm zu seyn, und Ehrfurcht gegen diejenigen zu haben, die sie fordern können.

Oront. So behaupte dieses Verdienst ferner, und folge meinem Befehle. Der Gehorsam verlangt Blindheit und Verläugnung. Deine erste Neigung gegen den sinnlosen Midon war ein Abentheuer und Rittergeschichte.

Clelie. Aber mein Vater! eine jede Wahl verlangt Freyheit.

Oront. Einem vernünftigen Rathe folgen, heißt die Freyheit nicht aufheben, und dein Geschlecht ist zu schwach, selbst zu wählen. Man muß euch Närrinnen wider euren Willen bändigen und glücklich machen.

Clelie. Wenn sie, mein Vater, sich nicht durch eine tugendhafte Neigung eines unsträflichen Herzens bewegen lassen wollen, so denken sie doch wenigstens an die letzten Worte meiner sterbenden Mutter, an den Blick, den sie auf mich und sie warf, an die Thränen, mit

mit welchen sie sie beschwor, mich nie ein Opfer einer gezwungenen Verbindung werden zu lassen. Denken sie an ihren Bruder, mein Vater, und an die Wohlthaten, die er und Medon uns in unserer Armuth erzeigt hat.

Oront. Dieß gehört alles nicht hieher. Wenn dir deine Mutter erlaubte, zu wählen: so erlaubte sie dir nicht, einen Verräther seines Vaterlandes zu lieben. Und wenn Medons Vater mir wohlthat: so wollte er dadurch nicht von mir eine schändliche Nachsicht gegen die Verbrechen seines Sohns erkaufen. Wie kannst du von mir verlangen, einen Menschen zum Sohne anzunehmen, den sein Vater noch vor seinem Ende verstoßen hat? Kurz, Philint ist dein Gemahl, oder du bist unglücklich.

Clelie. Aber, mein Vater, Philint selbst hält diese Verbindung für eine Ungerechtigkeit.

Oront. Er ist ein Narr, der sich leicht durch weibische Thränen erweichen läßt. Aber er wird es nicht immer seyn, und wenn er es wäre, willst du einem Manne ins Elend nachlaufen, der kein Brod und keinen Freund auf der Welt hat?

Clelie. Ja, das will ich, mein Vater! Verstoßen sie mich von ihren Augen; aber lassen sie mich diesem unschuldigen Flüchtlinge nacheilen, und mit der Arbeit meiner Hände so viel erwerben, daß ich ihm sein Schicksal erleichtere.

Oront.

Oront. Das ist Aberwitz und Thorheit. Was würde die Welt sagen, wenn ich dir diese rasende Freyheit erlaubte?

Clelie. Ich achte das Urtheil der Welt nicht, so lange mich mein Herz lossspricht. Und vielleicht wird sich bald die Unschuld des Medon erklären. Die Vorsehung hat Wege, die den Sterblichen unbekannt sind. Vielleicht können einmal die Feinde des Medon, von ihr gerührt, ihm seine Ehre wieder geben.

Oront. Was willst du damit sagen? Wer sind die Feinde des Medon? Nenne sie mir! Wenn er Ehre und Reichthum verloren hat: wessen Schuld ist es? Ein unbesonnener Jüngling, der unter der trügenden Miene eines einsichtsvollen Weisen herumschleicht, sich bey dem Hofe einschmeichelt, und entweder aus Narrheit oder Bosheit in fliegenden Schriften den Staat verderbt — ein Bösewicht, auf dem der stille Fluch des sterbenden Vaters ruht, hat wol andere Feinde nöthig, als sich selbst, um sich zu stürzen? Dieß sind die gewönlichen Ausflüchte der Heuchler — Alle haben Feinde, Verfolger, und Unterdrücker der Unschuld.

Clelie. Das Bild, das sie entwerfen, mein Vater, ist abscheulich; aber es ist nicht das Bild des Medon. Seine Zurückhaltung, und die ernste Bescheidenheit, durch die er seine Leidenschaft gegen mich gemäßigt, zeigt, daß er nicht unbesonnen ist. Die Ruhe, mit der er den Verlust seines Vermögens trug, ist Beweis genug, daß er von der Weisheit mehr als die Miene kennt. Die Gnade des Hofes hat er durch Verdienste erworben, und in seinen Schriften steht mehr Vaterlandsliebe, und edle Empfindungen, als in ganzen Bänden stolzer und pedantischer Weisen. Den Fluch eines Vaters verdient man nicht durch Gehorsam.

Oront. (spottend.) Vortreflich, Mamsell! Fahren sie fort! Sie besitzen das Talent der Wohlredenheit in einem vorzüglichen Grade. (mit Wuth.) Geh, Unbesonnene! und lerne die Welt besser kennen. Ich will zum leztenmale nach Hofe gehen, um die Sache zu Stande zu bringen. Erwarte meine Zurückkunft, und lerne mich alsdann als Vater erkennen, oder als Tyrann. (er geht ab.)

Neunter Auftritt.

Clelie. (allein.)

So hast du dein Urtheil, Clelie — Unglückliche Clelie! — Seit dem Augenblicke, da ich gebohren bin, kenne ich keinen furchtbaren Gedanken — Ist dieser spottende Ton der Ton eines Vaters? O der Tyrann darf nicht erst kommen, ich habe ihn schon in dieser stolzen und gebieterischen Miene gelesen — Grausamer Mann! Worinnen bin ich strafbar? Dir verdanke ich meine Geburt, und dem

dem Medon die Bildung meines Herzens, das unter der rauhen Erziehung eines menschenfeindlichen Führers verwildert seyn würde. Ach Natur! Natur! ich will deine Rechte nicht entheiligen — Der Gedanke, er ist mein Vater, erfordert Ehrfurcht — Aber wie kann Ehrfurcht ohne Hochachtung und Liebe bestehen! Nichts aber ist mir schrecklicher, als die Vorstellung, in dem Philint einen Undankbaren entdeckt zu haben — Wie gerne entschuldigte ihn mein Herz; aber seine Miene, seine Zerstreuung — Doch ich will Medons Rath fordern. O! wenn ich dich aus dem angenehmen Irrthume reissen muß! armer Medon, was bleibt dir noch übrig?

Zehenter Auftritt.
Clelie. Medon.

Clelie. Sie kommen mir zuvor, Medon, ich war eben im Begriffe, zu ihnen zu kommen, und ihnen eine Sache zu entdecken, die mir einen ihrer Freunde verdächtig macht, der um ihrentwillen meine ganze Hochachtung gehabt hat.

Medon. Ich fange an, überall so viel Verbrechen zu entdecken, daß ich, wenn es die Religion und Tugend erlaubte, mir einen Weg mit dem Degen in der Hand, durch eine Wüste bahnen würde, wo man keinen Schritt wagen kann, ohne mit Schauer auf eine

eine verborgene Schlange zu treten — Reden sie frey; sie finden mich bereitet, denn ich weiß doch, daß ich keinen Freund auf der Welt habe, als sie und Philinten.

Clelie. Unglücklicher Freund! Mein Herz ist keiner Wankelmuth fähig— So lange ich denken werde, werde ich den Medon über alles in der Welt lieben. Aber erschrecken sie — wenn nicht alle Merkmale trügen, so ist Philint, mit aller der gleißenden Tugend, die sie und ich an ihm bewundert haben, in dem Augenblicke, da sie ihm ihr Glück und ihre Ehre anvertrauen, ein leichtsinniger, oder vielleicht gar ein Verräther.

Medon. Kann die großmüthige Clelie einem Verdacht Raum geben, der die Ehre eines redlichen Mannes nothwendig beleidigen muß? Haben sie vergessen, Clelie, daß Philint mir sein Glück, seine Ehre, und alles zu danken hat?

Clelie. Aber — wie wenn ich ihnen sage, daß eben dieser Philint der Gemal ist, den mir mein Vater bestimmt hat —

Medon. So sagen sie mir etwas, darüber ich erstaunen muß. (nachdenkend) Was für eine unerwartete Nachricht! Aber aus welchem Munde haben sie dieselbe erhalten?

Clelie. Aus dem Munde meines Vaters, der in mich dringt, einen Ehevertrag mit ihm zu unterzeichnen. Und hätte er weniger gesagt, was soll ich vom Philint denken, der
vor

vor wenig Minuten für meinem Anblicke erröthete, in se der Falte seiner Stirne eine Unruhe verrieth, die selten die Begleiterinn eines guten Gewissens ist, und mich unter räzelhaften Wendungen in der äussersten Zerstreuung verließ? Urtheilen sie selbst, wie es möglich ist, daß mein Vater, der sie wie den Tod haßt, den Philint für mich wählen kann, wenn er der tugendhafte Mann ist, für den sie ihn halten.

Medon. Ich kann mich von diesem ersten Schrecken kaum erholen, und meine Betäubung verhindert den Verstand, eine Entschuldigung für ihn zu finden. Wenn ich mit ihrer Nachricht die Nachricht meines Bedienten vergleiche, so kommt eine Wahrscheinlichkeit — Doch nein, Clelie! lassen sie uns diesen abscheulichen Gedanken verlieren. Wir setzen den Menschen herunter unter seine Würde, wenn wir ihn so leicht übernatürlicher Verbrechen fähig halten. Wenn sie nur einmal den Philint in meinen Armen hätten die Thränen der Dankbarkeit weinen sehen, und das Mitleid bemerkt, mit dem er die grausame Nachricht von meiner Enterbung gehört hat, so würden sie ihn einer Vergehung, unter deren Möglichkeit mir schon das Herz bebt, nicht fähig halten.

Clelie. Doch wie wollen sie alle diese Widersprüche auflösen, Medon? Die Vertraulichkeit mit meinem Vater —

E   Medon.

Medon. Halten sie ein — Es geht ein Licht auf, das mich in der Finsterniß leitet — Ohne Zurückhaltung — Sie sind Tochter, aber sie sind auch Freundinn! Sie kennen ihren Vater, das ist genug. Vielleicht ist diese vorgegebene Wahl ihres Vaters der letzte tödtliche Streich, den er mir beybringen will. Mein Vermögen, meine Ehre, mein Glück auf der Erde, sie hat er geraubt — was war ihm noch übrig? — Mein Freund. Mir diese letzte Zufriedenheit zu nehmen, streut er den Saamen eines Verdachts aus, der die entsetzliche Frucht meiner Trennung mit dem Philint tragen soll. Aber dieser letzte Streich soll ihm nicht gelingen — Hat ihnen Philint gestanden? —

Clelie. Er behauptet, daß sich Oront darüber noch nicht gegen ihn erkläret. Es ist ein Fehler eines edlen Herzens, zu entschuldigen — aber die Wahrscheinlichkeit —

Medon. Und so lange er dieß behaupten kann, kann ich mich nicht überwinden, ihn für schuldig zu erklären.

Eilfter Auftritt.

Die Vorigen. Lindor.

Lindor. Gnädiger Herr! Arist, aus dem Hause des Ministers, ist in dem Vorzimmer, er will sie allein sprechen.

Medon.

Medon. Nunmehr werde ich doch einige Aufklärung meines Schicksals erhalten — Gnädiges Fräulein —

Clelie. Ich verstehe sie — lassen sie mich aber in dem Augenblicke erfahren, was vorgegangen ist.

Lindor. (zu Clelien.) Itzt haben wohl Ihro Gnaden Zeit, einen Augenblick in ihrem Zimmer den alten Wilhelm zu sehen. Er bittet inständig, Ihro Gnaden möchten ihn vor sich lassen. (Clelie und Lindor gehen ab.)

Zwölfter Auftritt.
Medon. Arist.

Arist. Sind sie alleine, Medon?

Medon. Ja, mein Herr!

Arist. Ich beklage ihr Schicksal, denn ich bin ein Mensch, und ein Unterthan, wie sie: aber ich habe ihnen auf Befehl des Hofes zu sagen, daß sie in zwölf Stunden den Staat meiden.

Medon. Ich würde über ihre Erklärung erzittern, wenn ich nicht schon durch meinen Onkel zu diesem Donnerschlage vorbereitet wäre. Ich weis die oberste Gewalt, und kenne die Rechte der Majestät. Aber, wie ist es möglich, daß man in einem Lande, wo die Gerechtigkeit wohnt, einen ehrlichen Mann von Geburt und Stande eines Verbrechens

wegen

wegen verdammen kann, ohne ihn vorher gehört zu haben?

Arist. Der Minister erzeigt ihnen eine Gnade, die sie nicht einsehen wollen. Eine förmliche Untersuchung würde für sie noch traurigere Folgen haben. Man hat Achtung für ihren Onkel und für ihren Vater, und Mitleid mit ihrer Jugend — Erkennen sie diese Wohlthat.

Medon. Ich verlange keine Gnade — ich verlange Recht — Sagen sie wenigstens — (bey Seite.) Gott! ich muß, um Clelien nicht unglücklich zu machen, die widrigen Kunstgriffe eines Bösewichts verschweigen — Sagen sie wenigstens, worinnen besteht denn mein Verbrechen? und wer ist mein Ankläger?

Arist. (zeigt ihm ein Buch.) Haben sie dieß Buch geschrieben?

Medon. (sieht es an.) Ja! wo ist darinnen ein Gedanke, den ich nicht verantworten kann?

Arist. (zeigt ihm noch ein Buch.) Kennen sie das zweyte?

Medon. (sieht es an.) Nein! aber Format und Druck hat etwas Aehnliches von dem meinigen — Erlauben sie — (Er liest darinnen.)

Arist. Sie hätten auch in dem äusserlichen etwas behutsamer seyn sollen. Kleine Nebenumstände verrathen oft die größten

Verbrechen. lesen sie, wenn sie den Muth haben, diese Stelle. (Er sucht in dem Buche, und giebt es an den Medon.)

Medon, (liest.) „Gewisse Völker liegen in „einer strafbaren Schläfrigkeit vergraben — „England ist nur ein Modell der Freyheit — „Ein König auf dem Schafott ist eine tragi„sche Scene, aber sie kann oft allein die Wun„den des Staats heilen — Weiber sind ge„wohnt zu weinen, aber Männer wissen, was „sie zu thun haben — Sollte mich das Volk „verstehn, indem ich schreibe?" — Welcher Machiavell ist so boshaft, der diese Grundsätze unterschreiben könnte?

Arist. Dieser Machiavell sind sie! Errathen sie nunmehr die Ursache, warum man den Staat von einer Last befreyen will, die tödtliche Folgen haben könnte?

Medon. Aber wer ist der Barbar, der fähig ist, mir diese Gedanken aufzubürden? Wo sind in meinem Werke dergleichen Grundsätze enthalten?

Arist. Eben dieß macht sie noch strafbarer. Mit der einen Hand setzen sie dem Fürsten das Diadem fest, und mit der andern reissen sie den Purpur herab. Der Kunstgriff, das Publicum zu blenden, ist ihnen mißlungen; und es treten Zeugen wider sie auf, die Ansehen haben, und Glauben verdienen. Die Aehnlichkeit des Stils hat sie verrathen, und der Verdacht ist durch Leute bestärkt worden, die mit ihnen verwandt sind, und deren Glück sie gemacht haben.

Medon. So nennen sie mir doch diese Leute!

Arist. Der, welcher sie überführt hat, ist Philint.

Medon. Philint? Sie irren sich, Arist! Dieser Name ist der Name eines Mannes, den ich verehre.

Arist. Ich irre mich nicht — glauben sie, daß ich hier im Namen des Fürsten mit ihnen rede, und mir meiner bewußt bin. Mit Thränen in den Augen, und nach vielen Betheurungen, daß nichts, als die Liebe zum Vaterlande und die Pflicht ihn zu diesem Geständnisse bringen können, hat er es zuletzt gestanden, daß die Muthmassungen, die einige am Hofe hatten, gegründet wären.

Medon. O Crocodill, was sind das für Thränen! So weint Satan, wenn er sich hinter der Miene des Heuchlers verbirgt. Gegen diesen Verruchten ist Lovelace ein nützlicher Bürger im Staate, und Tartüffe ein Beschützer der Unschuld — Wissen sie auch, daß der, der mich verrathen hat, mein Freund ist?

Arist. Noch mehr — ein Mann von Ehre, der sich Gewalt angethan hat, der Freundschaft die Pflicht vorzuziehen — Der Ruf, daß sie von ihrem Vater enterbt wären, machte
zuerst

zuerst ihren Charakter verdächtig; das Zeugniß ihrer Verwandten und ihres Freundes bestätigte es, und wollen sie noch mehr Zeugnisse (er zeigt ihm ein Siegel) kennen sie dieses Siegel?

Medon. Es ist das meinige.

Arist. Und mit diesem war die Handschrift des gefährlichen Werks besiegelt: man hat es bey der Untersuchung des Drucks gefunden.

Medon. So glücklich ist die Bosheit, wenn es auf Erfindungen ankömmt, die Unschuld zu unterdrücken. Aber warum kommt der Verdacht einer Betrügerey weniger auf meine Angeber, als auf mich? Wie, wenn ich ihnen sage, daß —

Arist. Man ist in dieser Sache mehr unterrichtet, als sie glauben — und ihre Entfernung ist auf alle Fälle nothwendig, wenn sie sich nicht noch grösserer Gefahr aussetzen wollen. Nehmen sie also den ersten Befehl an, entfernen sie sich, uud erwarten sie nicht den zweyten. Sind sie unschuldig, so wird ihnen Zeit und Erfahrung ihre Freyheit wieder geben, und sie werden die Untersuchung ihrer Angelegenheiten abwarten können. Sind sie schuldig, so werden sie den Vortheil haben, entfernt zu seyn. Dieß ist es, was ich ihnen zu sagen habe.

Medon. Welche Verwirrung! Mein Vaterland — einen Fürsten, den ich liebe — Clelien — Vermögen — Freund — alles auf ein-

einmal zu verlieren! — Wollen sie mir wenigstens die letzte Gnade noch erbitten, daß ich den Minister sehe?

Arist. Medon, ich muß sie ihnen abschlagen! Reizen sie die Gerechtigkeit nicht, so lange die Gnade waltet.

Medon. Die Gnade? — Ja, ich verstehe sie. Die Verrätherey ist stärker, als die leidende Tugend. Aber hören sie mich, und sagen sie dem Minister das, was ich ihnen betheuren kann. Mein Onkel, und sein Vertrauter, Philint, verdient seinen Haß und seine Verachtung, und ich bin unschuldig, so wahr diese Sonne über uns aufgehet — Aber ich gehorche seinen Befehlen. Ich will mich in einen Winkel der Erde verbergen, wo ich für dem Verdachte ungeheurer Unternehmungen frey, und für den Nachstellungen des Eigennutzes sicher leben kann.

Arist. Dieß ist ein Entschluß, der ihrer Klugheit Ehre macht. Ich werde dem Minister ihren Gehorsam rühmen, und ihm die Standhaftigkeit erzählen, mit der sie ihr Urtheil angehöret haben.

Medon. Entweder die Vorsehung hört auf Verbrecher zu strafen, und die Unschuld zu schützen, oder ich werde in kurzem gerechtfertiget. Aber noch ein Wort. Lassen sie den Minister errathen, daß er Ursache hat, Philint zu fürchten — Wer einen Freund verräth, wie kann der dem Fürsten treu seyn?

Arist

Arist. laſſen ſie Nachricht zurück, wo ſie ſich aufhalten. Geben ſie dem Sturme nach, er wird ausmüten, und vielleicht findet ſich noch künftig ein Mittel, ſie zu retten. Leben ſie wohl! (er geht ab.)

Dreyzehnter Auftritt.

Medon. (allein.)

So iſt denn dein Schickſal entſchieden, unglücklicher Medon, armer Fremdling in dem Hauſe, in dem du gebohren warſt! Hier haſt du umſonſt zuerſt den ſüßen Namen Vater geſtammelt, und die hohe Nahrung der unſterblichen Seele gefühlt — umſonſt das ſanfte Glück, wohl zu thun, und den Kummer der leidenden zu erleichtern, empfunden — Philint! Philint! Nenne dieſen Namen nicht mehr, Medon! Undankbarkeit und Haß zerrütten deine ſchönſten Entwürfe — Der Fluch deines ſterbenden Vaters trifft dich zwar nicht; denn das ſind Worte, die der Sturm über die Saat führt, oder auf das Haupt meiner Verläumder: aber die Vorſtellung macht dir doch dieſen Aufenthalt furchtbar — Ja, ich will fliehen! aber Clelie — Name, der mir heilig ſeyn wird, wenn ich Freunde und Vaterland verloren habe — Doch ſammle deinen Muth, Medon, und ſey ein Mann, und finde den Troſt da, wo ihn ein Weiſer finden muß — in dir ſelber. Es iſt beſſer, von Unſchuld und

Tugend begleitet, Hoheit und Reichthum mit der Hütte vertauschen, als von Furien des Neids und des Gewissens geängstiget, aus der Hütte des Bettlers in den Pallast eines Königs sich stürzen. Meine Verfolger werden Angst und Verzweiflung in mitternächtlichen Träumen fühlen, wenn ich in kürzem an einem einsamen Ufer von niemand, als der erbarmenden Gottheit gesehen, ohne innere Vorwürfe schlummere.

Ende des zweyten Aufzugs.

Dritter Aufzug.

Erster Auftritt.

Medon. (allein.)

Ein anderer, als ich, würde sich der Verzweiflung und der Rache überlassen, aber alsdann zeigt sich erst die Stärke der Ueberlegung, wenn sie alle Leidenschaften bestürmen — Aber mitleidenswürdiger Philint! hast du dich so vergessen, und einem niedrigen Eigennutze die Ehre und Ruhe deines Wohlthäters aufopfern können?

Zweyter Auftritt.

Medon. Lindor.

Medon. Was willſt du, Lindor?

Lindor. Gnädiger Herr! Ich bin ein einfältiger Mann, aber ich beweine ihr Unglück aus gutem Herzen. Da ich ſie, wie meinen Vater, liebe; wie kann ich ſie ohne Thränen verlieren? Was wollen ſie thun, gnädiger Herr? Iſt kein Mittel mehr übrig, ſie zu retten?

Medon. Gutherziger Mann! ich kann dir dieß grauſame Geheimniß nicht entdecken. Du biſt zu gut von Natur, um begreifen zu können, wie tief das menſchliche Herz, wenn es von Stolz und Eigennutz erſchüttert wird, herabfallen kann. Gehe, mein Sohn, und verlaſſe mich! Nimm dieſen Ring und meine Bücher: dieß iſt mein ganzer Reichthum. Gieb einen Theil davon dem armen Waysen, den ich ſeither ernähret habe, und ſage ſeinem Vater, daß ich ihn und ſeinen Sohn der Vorſehung überlieſſe. Die wenigen Juwelen, die ich noch habe, ſollen mir den Weg in einen Welttheil erleichtern, wo vielleicht unter Barbarn noch Menſchen wohnen, und wo ich wenigſtens ohne Schande und Verurtheilung leben und arbeiten kann.

Lindor. Nein, gnädiger Herr! Sie ſollen mich nicht zurücke laſſen. Ich begleite ſie, und wenn ſie auch übers Meer giengen. Es iſt

ist eine Wohlthat des Himmels gewesen, daß er mich ihrer Bildung anvertrauet hat. Sie haben mich erst zum guten Menschen gemacht, und nun sollte ich undankbar fliehn? Nein, gnädiger Herr! ich bin noch jung, ich kann arbeiten, und das will ich thun, so wahr ich ein ehrliches Herz habe — Am Tage will ich arbeiten, um mich zu erhalten, und am Abend ihnen dienen.

Medon. So sind die Fügungen des Himmels; Knechtische Seelen tragen oft den Purpur, und edle Seelen die Knechtschaft — Geh, mein Sohn! (Lindor geht ab.)

Dritter Auftritt.

Medon. Clelie. Wilhelm.

Clelie. Lindor! entfernt euch, und gebt auf die Wiederkunft meines Vaters Achtung. (zum Wilhelm.) Komm, Alter! und habe den Muth, dem Manne, den du beleidiget hast, diese Entdeckung zu gestehen — Medon! bereiten sie sich zu einer entsetzlichen Nachricht, die die Vorstellung des Menschen übertrift. Vielleicht ist diese Entdeckung noch ein Mittel, sie zu retten, das der Himmel verordnet hat. Aber verachten sie mich ja nicht um der Verbrechen meines Vaters willen, und brauchen sie, wenn es möglich ist, diese Nachricht nicht zu seinem Verderben.

Medon.

Medon. Ich bin schon so hart gegen die Verfolgungen, daß ich Fühllosigkeit genug haben werde, die letzten Streiche des Glücks zu ertragen — Rede, Alter!

Wilhelm. Gnädiger Herr! ich bin aus Eigennuz und Furcht verleitet worden, ihnen ein Geheimniß zu verschweigen, das sie ins Unglück gestürzt hat. — Da sie von ihren Reisen zurück kamen, und so wohlthätig und gut waren, auch so gar meines armen Sohnes sich erbarmeten, habe ich oft ganze Nächte geweint, daß ich sie verrathen habe.

Medon. Auch du, den mein Vater ernährt hat?

Wilhelm. Ja, gnädiger Herr! ihr Unglück, ihre Flucht, und Cleliens Thränen haben mich erweicht. Ich will nicht mein graues Haupt der Gefahr aussetzen, mit Schande und Fluch unter die Erde zu gehen. Mein Sohn, dem sie noch heute so viel Gutes sagten, weint auch über sie. Ich müßte ein ruchloser Bösewicht seyn, wenn ich so vielen Lockungen zur Reue widerstehen wollte.

Medon. Ohne Umschweife — die Wahrheit — Ich will so gar meine Verfolger nicht verläumdet wissen, und nicht Betrug mit Betrug vergelten.

Wilhelm. Gnädiger Herr! Ich bin der einzige auſſer Philint und Oront, der von der Art ihrer Enterbung unterrichtet iſt.

Clelie.

Clelie. (zum Medon.) Sie werden nun erkennen, daß das Herz des Philints ein Wohnplatz der abscheulichsten Niederträchtigkeiten ist.

Medon. (zum Wilhelm.) Und die Art der Enterbung —

Wilhelm. Schon vor ihrer Abreise nach Frankreich brachte man ihrem Vater den Verdacht bey, daß sie stolz, und heimlich ausschweifend wären. Damals war Philint noch ihr wahrer Freund, und Oront haßte ihn deswegen von ganzem Herzen.

Medon. Ohne Umschweife — zur Sache!

Wilhelm. Auf den Rath Oronts sendete sie ihr Vater nach Paris, und kaum waren sie entfernt, so trug mir Oront auf, alle ihre Briefe zu unterdrücken. Er öffnete sie heimlich, und spottete der Zärtlichkeit, mit der sie ihrem Vater schrieben.

Medon. Der Treulose!

Wilhelm. Ihr Vater, ohne Nachricht, ohne Briefe von ihnen, fieng an einen Verdacht auf sie zu werfen, auf den Oront seinen Entwurf bauete. Er eröffnete nach und nach sie dem Philint, that ihm ungeheure Versprechungen, ließ ihn errathen, daß Clelie seine Gemahlinn werden könnte, und überwand endlich das nicht standhafte Herz des Jünglings nach langem Kämpfen. Der zweyte Kunstgriff, den er brauchte, war eine unter-

ge=

geschobene Nachricht, daß sie ins Spiel verfallen wären, und eine ärgerliche Lebensart führten.

Medon. Und mein Vater glaubte dieß ohne weitern Beweis?

Wilhelm. Er war zu schwach, diesen Nachstellungen zu entgehen. Der letzte tödtliche Streich, den man ihrer Ehre und dem Leben ihres Vaters beybrachte, war eine Nachricht von der Ermordung des Mylords Willby und von ihrer Flucht aus Frankreich. Man brachte durch verschiedene Canäle verschiedene Nachrichten einerley Inhalts, und man gab für, sie wären nach Indien geflüchtet. Unter der Zeit erhielten sie durch uns Befehl, in Paris zu bleiben. Ihr Vater ward für Kummer tödlich krank, machte sein Testament, und gab ihnen seinen Fluch.

Medon. Ha! Ich in den Augen meines Vaters ein Mörder! ein Flüchtling! Wäre es ein Wunder, wenn sich die Asche dieses ehrwürdigen Greises empörte, und sein Schatten die Bösewichter verfolgte, die mich um den Segen gebracht haben, ihm seine Augen zuzudrücken, seine sterbende Hand zu küssen, und auf seinen erkalteten Lippen den letzten Hauch der väterlichen Liebe zu sammeln — O Verläumdung! was bist du für eine Pest für die Erde! Die Phantasie eines Dichters kann keine furchtbarere Scene schaffen — und von allen diesen Betrügereyen war Philint der Beförderer?

Wilhelm.

Wilhelm. Ja! gnädiger Herr! Oront führte ihn so tief ins Verbrechen, daß er nicht wieder zurück konnte. Nach ihrer Zurückkunft fürchtete Oront ihre Rache. Man sahe voraus, daß die Untersuchung des Testaments den gemachten Plan zerrütten könnte. Man beschloß also, sie mit Gewalt zu entfernen, und sie in ein großes Verbrechen zu verwickeln. Ich kann das nicht so recht einsehen; aber man redete von einer Schrift die sie stürzen könnte, und ich erhielt Befehl, ihnen vor ungefähr vierzehn Tagen ihr Petschaft zu entwenden: wozu es Philint gebraucht hat, weis ich nicht.

Medon. Schlag auf Schlag! Donner auf Donner! Kaum kann ich die Möglichkeit dieser Bosheiten begreifen. Nun wird mirs sichtbar, daß es gefallene Geister giebt, die auf der Erde wandeln, und das Herz des Menschen unmittelbar vergiften. Nach so vielen Wohlthaten, nach so viel Thränen, nach so viel Betheurungen mit dem heiligsten Eyde der Freundschaft! — (mit Thränen.) Ich weine nicht über mein Elend; ich weine über das Elend des Menschen überhaupt. Ist dieß die edle Kreatur, der ein wohlthätiger Himmel Verstand und freyen Willen gegeben! — Beneide das Thier, kriechende Seele! Seine Kunsttriebe führen wenigstens nicht zu solchen verruchten Thaten — Aber dieß sind die Folgen der abscheulichen Grundsätze meines Jahrhunderts, die von dem Thron der Großen herab bis zur Hütte des Landmanns Gift verbreiten.

Man

Man spottet mit Religion und Tugend; erhebt den Zufall zum Gotte, und erniedrigt den unsterblichen Geist zum Insekte. Wie soll man die Leidenschaften bändigen, wenn man ihnen die heiligsten Ketten abnimmt? Wer kein unsterbliches Leben glaubt, und ein Paar elende Tage als die Bestimmung des Menschen ansieht, der thut wohl, wenn er die Gesetze mit Füßen tritt, Dankbarkeit und Menschenliebe vergißt, und keine Tugend anlegt, als zur Hülle des Lasters — Liebenswürdige Clelie! wie ist es möglich, daß sie die Tochter eines Oronts seyn können! (zum Wilhelm) Geht und bleibt zu Hause! Ich will euch rufen lassen — Von dieser Unterhaltung kein Wort! (Wilhelm geht ab.)

Vierter Auftritt.
Clelie. Medon.

Clelie. Medon! In diesem entsetzlichen Augenblicke, wo ich meinen Vater als einen Verräther erkenne, fühle ich, daß ich Tochter bin. Was soll ich in dieser Verfassung sagen? Soll ich sie bitten, diese Entdeckung zu unterdrücken: so nehme ich ihnen die Macht, sich zu retten. Soll ich sie bitten, den Verbrecher zu offenbahren: so werde ich ein Abscheu der Welt; die Asche meiner Mutter wird in ihrem Grabe entheiligt; mein Vater ein öffentlicher Bösewicht und ein Verdammter der Gerechtigkeit. Haben sie Mitleiden, Medon, mit dieser Schwach-

Schwachheit, und vergessen sie wenigstens nicht, daß meine Ehre von der Ehre meines Vaters unzertrennlich ist, und daß ich durch diesen öffentlichen Schimpf ihrer unwürdig werde, und sie auf ewig verliere! Mit erniedrigenden Blicken würde man auf mich herabsehen, und sagen: Dieß ist die Tochter eines Betrügers!

Medon. Bleiben sie standhaft, Clelie! Ich will mein Glück nicht auf ihren Ruin bauen, und ich bin entschlossen, diese Nachricht zu unterdrücken. Nicht allein die Liebe gegen sie, sondern auch die Klugheit erfordert es. Gesetzt, ich wollte aus Pflicht gegen mich selbst eine Untersuchung veranlassen; man hat einmal meinen Charakter verdächtig gemacht. Der abscheuliche Kunstgriff, mich einer Schrift wider den Staat zu beschuldigen, ist entwickelt, und die Erfinder derselben haben alle Mühe angewendet, ihn auf den höchsten Grad der Wahrscheinlichkeit zu treiben. Würde man nicht die Aussage der Bedienten für die letzte Bemühung, mich zu retten, erklären, und aus diesem unvermutheten Zufalle einen neuen Beweis wider mich nehmen? Und wäre es auch eine Möglichkeit, durchzudringen: ich bin eines Landes müde, wo Betrügerey wohnt, und verachte das elende Gold, und werfe seine Last ins Meer, um meinem sinkenden Schiffe den Sturm zu erleichtern — Aber Clelie, sie zu verlieren! — Geben sie mir eine Wüste zum Eigenthume, und theilen sie sie mit mir: so bin

bin ich ein König. Soll ich sehen, daß ein niederträchtiger Heuchler in den Armen meiner Clelie —

Clelie. In der Stunde der Mitternacht, umringt von zermalmten Gebeinen, in einer einsamen Gruft liegen, und den giftigen Geruch aus den Gräbern der Todten sammeln, wird mir weniger furchtbar seyn, als die Umarmung dieses Verruchten — Nein, Medon! aber schieben sie nun ihre Flucht noch auf, vielleicht —

Medon. Kein vielleicht mehr! Wissen sie, daß die Stunde meiner Flucht herannahet?

Clelie. Ach! Jede Minute ist ein Donnerschlag an mein Herz! Ich gerathe in eine Verwirrung, die meine ganze Seele einnimmt. Edler Flüchtling! Wollten sie sich erbarmen, so hören sie meinen Entschluß. Umsonst streiten wider ihn Schamhaftigkeit und Furcht. Sie haben mich gelehrt, daß diese Tugend der Charakter unsers Geschlechts seyn soll: aber urtheilen sie selbst — Von allen Seiten gedrängt — in der Gefahr, sie auf ewig zu verlieren — von einem Vater geängstiget — von Philinten verfolgt — urtheilen sie, was mir noch übrig ist.

Medon. Halten sie ein, Clelie! ich verstehe sie, und ich zittere — Was wollen sie thun?

Clelie. Ihnen nachfolgen; Armuth, Unglück, Verachtung mit dem Medon theilen, der mit mir Ehre, Hoheit und Reichthum theilen wollte.

Medon,

Medon. Dieser Vorschlag ist mir nicht unerwartet — Ich lese in ihrer Ueberwindung die Stärke ihrer Leidenschaft; aber halten sie mich nicht für grausam, nur für gerecht. Sie müssen diesen Gedanken verlassen. Ich bin in den Augen der Welt ein Verurtheilter, von meinem Vaterlande verabscheut! Wie kann ich ihnen erlauben, ihrer Ehre diesen tödtlichen Streich beyzubringen? Und welche entsetzliche Vorstellung! Ich sollte sie leiden sehen, und unter jeder Umarmung zittern? Ihre stummen Thränen verstehn, und sie nicht trocknen können? Nein! ich beschwöre sie bey ihrer Ehre, bey ihrer Ruhe und der meinigen — ändern sie ihren Vorsatz.

Clelie. Aber — Medon!

Medon. Alles, was ihnen die Ehre erlaubt, ist, daß sie die Verbindung mit dem Philint verabscheuen, und das Uebrige der Zeit und der Vorsehung überlassen. So viel schwöre ich ihnen, daß kein Herz den Platz einnehmen soll, den sie erfüllen.

Clelie. Ihre strenge Tugend wird mir das Leben kosten. Wollen sie dieses verhüten, so lehren sie mich das Geheimniß, sie zu verlieren. Geben sie mir Muth, daß ich nicht auf Irrwege gerathe, und meine erschütterte Vernunft unter der schwarzen Vorstellung ermatte.

Fünf-

Fünfter Auftritt.

Die Vorigen. Lisette.

Lisette. (zu Medon.) Hier ist der Brief, der ihnen zugehört; er kommt vom Philint.

Clelie. Wo ist der Betrüger?

Lisette. Wie der Bediente sagt, ist er bey Hofe, im Vorzimmer des Ministers.

Medon. O ich beklage den Purpur, daß er von Ottern umkrochen wird. Was werden wir in diesem Briefe lesen, als seine Schande — (er liest.) „Dront ist mit einer Nachricht aus „dem Vorzimmer des Ministers gegangen, die „ihnen tödtlich seyn muß. Ich bin nach ihm „hergekommen, und in vier Minuten habe ich „die verworrenste Sache ins Licht gesetzt. Sie „werden zuletzt erschrecken; aber beruhigen sie „sich, wenn sie können."— Was sind das für Wendungen!

Clelie. Ein Schatten von Hoffnung — doch ich begreife nicht —

Medon. Trauen sie dieser Schlange nicht, sie ist niemals gefährlicher, als wenn sie sich krümmt — verbergen sie sich — ich sehe ihren Vater. (Clelie und Lisette gehen ab.)

Sechster Auftrritt.

Medon. (wirft sich in einen Lehnstuhl.) **Oront.**

Oront. (im Herausgehen.) Endlich ist der Sieg da! Hier, wo ich ein Bettler war, bin ich Herr, und Medon trägt Ketten. Ich läugne nicht, daß sich bisweilen einige schwarze Vorstellungen unter die lachenden Bilder der Schadenfreude mischen; aber hier muß man entschlossen seyn. Einen Schritt zurück, so stürze ich mich selber. Medon! (bey Seite.) Ich muß ihn noch meine Hoheit fühen lassen. Medon! Ich habe Mitleiden mit eurer Jugend, und ich will großmüthig an euch handeln. Ich gebe euch tausend Dukaten, geht in ein Land, wo man euch nicht kennt, beweint eure Thorheit, und lernt erkennen, daß eure stolze Weißheit nicht allemal stark genug war, euch für der Narrheit zu bewahren. Hat man euch euer Schicksal erklärt?

Medon. (steht heftig auf.) Erklärt — erklärt, zur Schande derer, die die Werkzeuge meines Ruins sind.

Oront. Ihr antwortet sehr stolz für einen Verurtheilten. Ein jeder Rang hat seinen natürlichen Ton. Der Eroberer spricht anders, als der Ueberwundene, und der Besitzer einer Million trotziger, als der Verarmte. Es würde sich für einen Weltweisen, wie ihr zu seyn glaubt, recht wohl schicken, die verschiedenen Sprachen der Natur zu studiren.

Medon.

Medon. Ich spreche den Ton, der mir zukommt. Ein Herz, das sich seiner Größe bewußt ist, läßt sich durch Zufälle nicht erniedrigen. Die Stirne des ehrlichen Mannes drückt die Empfindungen seiner Seele aus. Leset auf der meinigen das, was ihr erwarten könnt, gerechten Unwillen über eure Grausamkeit, Verachtung eurer niederträchtigen Denkungsart, und in so weit ihr ein vernünftiges Geschöpf seyd, das an dem Rande der Ewigkeit herumkriecht, Mitleiden mit eurer Seele.

Oront. Euer Mitleiden gefällt mir, ihr wäret ein guter Schauspieler geworden, ihr spielt eure Rolle bis auf die Entwickelung: aber hütet euch, wenn es euch gefällt, für der Art, sich auszudrücken. Eure Sentenzen könnten euch eure Reise etwas unbequem machen, ich möchte vielleicht mein Wort zurückziehen —

Medon. Und dieß will ich. Ein Mann von Ehre nimmt ein elendes Brod von einem rechtschaffnen Bettler, und verachtet den güldnen Antheil eines Kirchenraubes. Ich habe nicht die Kunst gelernt, von einem Vermögen, von dem ich der rechtmäßige Besitzer bin, ein stolzes Allmosen zu sammeln. Wollt ihr Wohlthaten thun, so thut es an denen, die sie um euch verdient haben. Gebt sie an euren Bedienten, damit er sein Gewissen zerstreue, und nicht, von der Angst gedrungen, eure Art, Testamente zu machen, verrathe. Gebt sie dem Verräther, Philint, daß er den Rest von Menschlichkeit, die in seinem Herzen noch schlägt, betäube, und behaltet sie für euch, um dadurch, wenn ihr könnt, künftig einmal am Rande des Grabes, das richtende Gewissen zu versöhnen, und von eurem Arzte die Unsterblichkeit zu erkaufen. Elender! denket euch, wenn ihr könnt, noch einmal meinen sterbenden Vater, rufet den Fluch, den er mir gab, in eure Seele zurück, durchleset die schändlichen Briefe, die die Verläumdung mit allem ihrem Gifte getränkt, denkt mich noch einmal in Frankreich als Spieler und Mörder. Dann urtheilet, ob Medon fähig sey, vom Oront Geschenke zu nehmen.

Oront. (bey Seite.) Ich bin verrathen — Wilhelm ist ein Bösewicht — das kostet ihm das Leben. Ich muß mich in Sicherheit setzen — hier kommt alles auf Muth an — (zum Medon.) Ihr fahrt in eurem stolzen Tone fort; schreibt eurem Unsinne die Folgen zu, die er haben wird. Ich nehme mein Erbieten zurück, und der stolze Medon soll nicht in die Verlegenheit kommen, von seinem Onkel ein beschwerliches Geschenke zu erhalten. Aber bereitet euch, ein Haus zu verlassen, worinnen ihr ein Fremdling seyd. Euer unsinniges Geschwätze beunruhiget mich wenig. Dieß ist der letzte Kunstgriff der Verzweiflung, er ist aber zu alt, um zu betrügen.

Medon. Ich werde dieß Haus mit mehr Muth verlassen, als ihr es bewohnen werdet.

det. Die Strafe hat immer die Verbrecher erreicht. Diese Ruhe, mit der ich auf euch herabsehe, verdanke ich der Tugend und der Weisheit, die ihr verspottet. Alles, was ich euch bitte, ist, erhaltet Clelien. Ihr seyd ihr Vater — dieß ist ein Glück, das euch noch retten kann. Um Einer unschuldigen Seele willen schonet oft der nachsehende Himmel ganze Rotten von Verbrechern, und ihr Gebet hält den Donner, der ihrem Haupte droht, noch zurück.

Oront. (bey Seite.) Dieß ist eine Demüthigung, die eine Züchtigung verdient — Lisette!

Siebenter Auftritt.

Die Vorigen. Lisette.

Lisette. Gnädiger Herr!

Oront. Rufe mir Clelien. (bey Seite.) Ich will ihn seinen Verlust fühlen lassen. (Lisette geht ab.)

Achter Auftritt.

Die Vorigen. Clelie. (weint.)

Oront. (spottend) Der Schmerz steht ihr nicht übel, und die Thränen geben ihren blühenden Wangen einen neuen Reiz. Gesund, Medon, werdet ihr sie wenigstens verlassen,
und

und für ihr Glück werde ich sorgen. Clelie! ich habe dir meinen Willen erklärt. Deine Widerspenstigkeit verdiente meinen väterlichen Zorn; aber aus Achtung für Medon, denn man muß die Leidenden aufrichten, halte ich die Gewalt zurück, und sage dir noch einmal mit Liebe, was ich mit Sturme sagen könnte— Eher wird sich die Ordnung der Natur umkehren, als du Medons Gemahlinn wirst.

Clelie. (zu Dronts Füssen.) Hier sehen sie mich, mein Vater, zum letztenmale zu ihren Füssen— Ich bin ihre Tochter, und die Tochter einer Gemahlinn, deren Asche ihnen noch heilig seyn sollte. Wollen sie denn ganz die natürliche Neigung gegen ihr eigenes Blut unterdrücken, und fühlen sie denn nicht einen Zug des natürlichen Erbarmens? Wollen sie meinen Tod, den Tod eines einzigen Kindes, das ihnen der Himmel gegeben hat? Ich bin zu schwach, ihnen andere Gründe zu sagen, und fürchte diesen tödtlichen Blick ihrer zürnenden Augen. (Sie steht wieder auf.) Aber, mein Vater, ihre eigene Ehre erfordert, den Medon zu retten, und das zu unterdrücken, was die gefährlichsten Folgen für sie haben könnte. Noch ist es Zeit, mein Vater— und bleibt ihr grausamer Entschluß unbeweglich, so lassen sie mich wenigstens aus ihrem Hause fliehen. (Sie wirft sich zum zweytenmal nieder.) Um der unschuldigen Liebkosungen Willen, mit denen ich als Kind auf ihren

Armen weinte, werden sie wieder aus einem Tyrannen ein Vater, und entfalten sie diese Stirne, in welcher die Merkmale der Wuth und des Zorns tief eingedrückt sind.

Oront. Höre die Frucht deiner unsinnigen Bitte — (Er sieht nach der Uhr.) Medon! Erinnert euch des Befehls, den ihr erhalten habt. Geht aus meinen Augen, und bereitet euch zur Flucht. (zu Clelien.) Du aber bleibe! Wenige Augenblicke werden dein Schicksal entscheiden. Erwarte den Philint, oder für diese Thränen meinen väterlichen Fluch — Untersuchungen, die mir gefährlich werden könnten? Diese Hirngespinste fürchte ich nicht. (zu Medon.) Entfernet euch! Ich will mir eurer Narrheit wegen keine Verantwortung zuziehen. (zu Clelien.) Du aber erwarte meinen Befehl — Man muß den Rasenden Ketten anlegen, um sie wieder zu Verstand zu bringen.

Clelie. Ach Medon!

Medon. (will sie umarmen.) Clelie!

Oront. (reißt ihn zurück.) Weg mit dieser unanständigen Vertraulichkeit, oder ich brauche Gewalt — Bediente!

Medon. (zu Oronts Füssen.) Barbar! tödte mich lieber, wenn du den Muth hast, auf einmal, und verwandle das langsame Gift, das mich Jahre lang quälen soll, in einen wohlthätigen Dolch.

Neunter Auftritt.

Die Vorigen. Ein Bedienter.

Bedienter. Ew. Gnaden —

Oront. Geht nach der Wache! Ich will keinen Tumult in meinem Hause haben. (zum Medon.) Dieß Haus und dein Vaterland war ohnedieß für deinen Stolz zu enge. Du hast die Erlaubniß, dich in einen weitern Raum zu begeben. Doch halt! Hier kommt Philint. Du sollst, wie du es willst, ein Zeuge seyn, daß ich für Clelien gesorgt habe. (Der Bediente geht ab.)

Zehnter Auftritt.

Die Vorigen und Philint.

Oront. Nun Philint! Endlich ist das Schicksal des Medon entschieden!

Philint. Ja! Entschieden — zur Ehre des Volks, zur Ehre des Fürsten, und zur Schande aller derer, die, wenn sie Gewalt hätten, aus Menschen Teufel machen würden.

Oront. (bey Seite.) Er spielt seine Rolle gut. Ich dachte es wol, daß er einmal klug werden würde. (er nimmt den Philint bey der Hand.) Nun komm, mein Freund, und erndte die Früchte deiner Treue und deines Eifers. Zeige dich dem Medon, wie du bist; denn er kennt dich schon halb — Gieb Clelien deine Hand.

Clelie.

Clelie. Ihre Hand, Philint? Eher den Tod.

Philint. Sie haben Recht, Clelie, eher den Tod.

Oront. (zu Clelien.) Närrin! ich habe dir meinen Willen eröffnet, und hier ist keine Rettung. Entweder du wirst die Gemahlin des Philints, oder Unglück ruht auf deinem Haupte.

Medon. Ich verlasse sie, Clelie! Errathen sie aus diesen stummen Thränen meine Verwirrung — Es ist noch eine Welt, wo ich Clelien gewiß wieder finde. (Er will abgehen.)

Philint. Uebereilen sie sich nicht, Medon — Ihr Schicksal ist so grausam nicht als sie glauben. Hören sie mich. Nehmen sie alle ihre Stärke des Geistes zusammen. Das, was ich gethan habe, wird ihre Erwartung übertreffen. Haben sie den Muth, einen Bösewicht vor sich zu sehen, der von dem Menschen nichts als die Gestalt hatte?

Oront. Was sind das für Räthsel?

Philint. (zum Oront.) Das sind Räthsel, die sich den Augenblick aufklären werden.

Oront. (bey Seite.) Entweder er ist unsinnig, oder ich bin verloren.

Philint. (zum Oront.) Das erstere höre ich auf zu seyn, und das letztere wirst du seyn, wenn du es verdient hast. (zum Medon.) Medon! Sie sind ein gerechter, ein großmüthiger Mann.

Mann. Ich erkenne in diesem Unwillen, mit dem sie mich verabscheuen, ihre Hoheit, und meine Erniedrigung. Aber würdigen sie mich wenigstens noch Eines Blicks— Ich bin Philint— (zu Clelien) Gnädiges Fräulein! Sie haben ein empfindliches Herz, sie haben Gewalt über den Medon, bitten sie ihn um die einzige und letzte Gnade. Ich fordere keine Freundschaft, keine Vertraulichkeit, ich bin zu tief herabgefallen, um beydes zu verdienen. Ich fordere einen leeren Blick— Medon!

Clelie. (zum Philint) Können sie noch diesen Blick verlangen? Ist das Auge eines rechtschaffenen Mannes nicht entheiligt, wenn es sich auf einen Bösewicht heftet?

Philint. Ja; aber nicht durch einen Blick eines zurückkommenden Bösewichts. Das Laster entadelt; aber die Reue giebt den verlornen Adel wieder. Medon! thun sie ihrem großen Herzen Gewalt an. Ich bin Philint, der Philint, den sie, aus wahrer Menschenliebe, vom Staube der Armuth erhoben, geliebt, vor Verbrechen gewarnt, mit Sorgfalt unterrichtet, dem Fürsten empfohlen, und noch heute einer unverdienten Wohlthat gewürdiget haben. Und wollen sie mich noch nicht erkennen, so hören sie— Ich bin der Philint, der sie mit Undank belohnet, verrathen, verläumdet und enterbt hat.

Oront. (zieht den Degen, und geht auf den Philint los.) Verräther! ist das die Sprache eines Freundes.   Clelie.

Clelie. Was wollen ſie thun, mein Vater!

Philint. (zieht den Degen.) Du willſt, elender, entkräfteter Greis!

Medon. (tritt dazwiſchen, und ſchlägt dem Oront den Degen aus der Hand.) Wollt ihr beyde noch Mörder werden, um das Maas zu füllen?

Philint. (wirft den Degen weg.) Medon! Das hat noch gefehlt, um meine Verbindlichkeit zu vermehren. Ich war ihnen alles ſchuldig, nun muß ich ihnen auch noch mein Leben verdanken. Aber hätten ſie mir es lieber rauben laſſen, wenn ſie ſich meiner nicht erbarmen wollen.

Medon. (zum Philint.) Danke es dieſem Zufalle, daß ich dich eines Anblicks würdige. Medon hat eigentlich keine Sprache für undankbare Verräther — Vergiß, daß ich dein Freund war, und denke an deine Seele. Der Schritt, den du gethan haſt, iſt ein Schritt zum Verderben. Wiſſe, daß darum die Menſchen keine Strafe für den Undank erfunden haben, weil ſich die rächende Vorſehung allein dieſes Laſter zu ſtrafen vorbehalten hat. Erinnre dich, daß ein Richterſtuhl iſt, vor dem der Böſewicht und der Gerechte ſteht, wo alle Laſter und Verbrechen enthüllet werden, vor einem Richter, deſſen Eigenſchaft die Gerechtigkeit iſt, wie die Milde und Er-
bar-

barmung. Ich will dir keine Vorwürfe machen; die Schandthaten sind am Tage: Wilhelm hat sie entdeckt, und beweint sie — O möchtest du doch diese Thränen auch vergiessen können! Aber ich fürchte, der Fluch meines Vaters, den er im Angesichte des Todes über mich ausgeschüttet hat, wird dich treffen.

Philint. Ja, er müßte mich treffen, wenn ich nicht den Muth hätte, zu rechter Zeit umzukehren. Aber sie sind ein weiser und rechtschaffener Mann. Wenn die Gottheit sich durch Thränen der Reue versöhnen läßt, so müssen sie diese Thränen auch fühlen — Vernichten sie mich einen Augenblick in ihren Gedanken, und lassen sie ein anders noch niedrigers Geschöpfe an meine Stelle treten. Schaffen sie sich, wenn sie können, noch einen sichtbaren Bösewicht; aber sehen sie ihn von Reue durchdrungen, wider sich selbst aufgebracht, mit heißen Thränen in den Augen, und, wenn sie diesen Anblick ertragen können, sehen sie ihn zu ihren Füssen, voll Reue, Scham und Verzweiflung.

Medon. (gerührt) Ist das möglich! Wie viele Falten hast du nicht, Herz des Menschen! (er umarmt den Philint.) Philint! Philint!

Philint. Ach Gott! Nun erkennt er mich wieder!

Oront.

Oront. Ich bin der Verzweiflung nahe — So ists — ein Bösewicht hat niemals wahre Freunde. Diese Schlange habe ich in meinem Busen genährt.

Philint. Genährt hast du sie, aber mit deinem Gifte — Hören sie also, Medon! Ich bin der, der sie enterbt, der, der ihnen den Fluch ihres Vaters gebracht, der, der sie am Hofe verläumdet hat: aber ich bin auch der, der von einem aufwachenden Gewissen durchdrungen, um sie zu retten, sich selbst der Gerechtigkeit und der Strafe unterworfen, und diejenigen, die Macht haben, überzeugt hat, daß sie unschuldig sind, und ich schuldig. Lesen sie diesen Brief.

Medon. (liest) „Philint hat sie verra„then, er gesteht sein Verbrechen freywillig, „und giebt ihnen Ehre und Sicherheit wieder. „Der Fürst erkennt sie, als einen Mann von „Verdienst, vertilgt das durch Betrug gemach„te Testament, und läßt ihnen die Wahl, sich „ein Amt zu wählen, dazu sie die Fähigkeit zu „haben glauben. Das Schicksal des Oronts „hängt von ihrem Urtheile ab. Man hat er„fahren, daß sie seine Tochter lieben. Es ist „billig, daß Verrätherey bestraft werde, aber „der Fürst, aus Achtung für sie, erlaubt ihnen, „auf meine Vorstellung, sein Verbrechen zu un„tersuchen oder zu unterdrücken."

Clelie.

Clelie. Ach Gott! nun fange ich an zu empfinden, daß ich noch einen Vater habe! Medon!

Medon. (nach einer tiefen Stille.) Die Hand des Himmels hat wunderbare Wege. Ich habe ihm meine Schicksale überlassen, und er hat sie zu meiner Ehre geleitet — Ich erwache aus einem schrecklichen Traume, und trete von dem Abgrunde zurück — Die Gerechtigkeit fordert, daß ein Verräther gestraft werde; die Menschenliebe, daß ich ihn mit der Welt versöhne, wenn er Reue empfunden; Religion und Weisheit, daß man persönliche Beleidigungen vergebe — Himmel! in dem Augenblicke, da du mich errettest, gieb mir den Muth zu einer edlen Handlung! Ist es die Liebe, die mir diesen Entschluß erleichtert, so ist doch wenigstens diese Liebe selbst in deinen Augen nicht strafbar! Oront! Erkennt ihr die Gerichte des, der über uns ist, und fühlt ihr einen Schatten von Bewegung, die euch allein mit der erzürnten Rache versöhnen kann? Fühlt ihr Reue? Habt ihr den Muth, zu gestehen, daß ihr strafbar gehandelt habt? Antwortet!

Oront. Wie könnt ihr verlangen, daß der Mensch solche übereilte Schritte thun soll? Von eurer Kindheit an habe ich euch gehaßt, weil ihr mir durch eure Geburt die Hoffnung zu dem Vermögen meines Bruders raubtet. Als Jüngling habe ich euch gehaßt, weil ich

die

die Hoheit nicht leiden konnte, die euch eure stolze Tugend über mich gab. Von einem Verbrechen bin ich in das andere gefallen, die geheimen Triebe der Menschenliebe habe ich betäubt, auf einmal überrascht stehe ich da in meiner natürlichen Gestalt, wie ich bin — Das Schrecken, das ich fühle, ist keine Reue. Meinetwegen wird der Himmel kein Wunder thun, um auf einmal dieses Felsenherz zu öffnen — Alles was ich euch sagen kann, ist dieses, daß ich für mein Schicksal zittere, und, wenn ich auf mein Leben zurück sehe, es verabscheue.

Medon. Dieß ist der erste Schritt — schon dieses macht euch der Erbarmung würdig.

Clelie. Medon! für mich sind sie nun auf ewig verloren! Aber Medon! dieß ist mein Vater, und ihr Onkel.

Medon. (liebreich.) Clelie! Er ists.

Philint. Dieß ist mein Verführer; aber vergeben sie ihm. Ich will mich von ihnen entfernen, und alles vergessen, nur nicht, daß sie mein Wohlthäter waren. (er will abgehn.)

Medon. Warten sie Philint — übereilen sie sich nicht. Sie sind ein Beyspiel der Erbarmung des Himmels. Ich will nicht wider seinen Willen handeln; er hat sie für seiner Rache gerettet, sie sollen unter der meinigen nicht umkommen. (zu Clelien) Warum weinen sie, Clelie! Glauben sie, daß mein Glück meine Denkungsart ändere? Beruhigen sie sich! (zum Dront.) Ihr habt meinen Untergang und meinen Tod gewollt, ihr habt mich gehaßt — dies ist ein Beruf euch zu lieben. Oront! Ich vergebe euch.

Clelie. Ach Medon!

Oront. Ich bin betäubt — (zu Clelien.) Wirf dich mit mir zu seinen Füssen — Medon! wie soll ich sie nennen —

Medon. Stehen sie auf! diese Stellung ist für sie nicht mehr. Ich gebe ihnen den Rang eines Onkels, und wenn sie wollen, (er sieht Clelien an,) eines Vaters —

Oront. Ob ich es will? (er will dem Medon zu Füssen fallen.)

Medon. Erniedrigen sie sich nicht mehr. Die äusserlichen Stellungen sind es nicht, die ich von ihnen verlange, die wahre Erniedrigung ist in dem Herzen. Empfindung seiner Unwürde, und der eifrige Wunsch, edel zu werden, dieß ist es, was ich von ihnen fordere. Nehmen sie von nun an alle ihre Würde wieder, und denken sie ernstlich darauf, sich zu retten. Clelie! Haben sie noch die vorige Neigung gegen mich, und bin ich ihrer noch würdig?

Clelie.

Clelie. Erwarten sie darauf keine Antwort — Scham, Mitleid, Wehmuth, Entzückung, Dankbarkeit — diese Thränen mögen sprechen.

Medon. (zu Oront) Wollen sie mir nun ihre Tochter geben? Sie haben alle Rechte eines Vaters wiederum erhalten: ich will keine Gewalt brauchen, wählen sie, sie sind frey.

Oront. Dieß heißt die Großmuth zu weit treiben! Ich verstumme unter dieser Frage.

Medon. (zu Clelien,) So geben sie mir ihre Hand (zum Oront.) Und sie nehmen die Hälfte meines Vermögens freywillig, und leben als ein versöhnter Vater mit guten Kindern.

Clelie. Aber Philint, Medon!

Medon. Ich sollte ihn eigentlich von meinen Augen entfernen, aber ich habe Mitleid mit seiner Jugend. Er ist mehr ein Verführer als ein Bösewicht. Leichtsinn, Mangel und Verführung hat ihn ins Elend gestürzt, und zu Handlungen verleitet, über die er erröthet. Ich werde ihn für allen diesen Feinden zu schützen wissen (zum Philint.) Umarmet mich! Ihr seyd jetzt meiner würdiger, als jemals.

Philint. Großmüthiger Freund! wo soll ich anfangen —

Medon.

Medon. Haltet ein mit euren Lobsprüchen. Es ist nicht der Charakter eines Mannes von Ehre, edel zu handeln, um Ruhm zu erwerben, sondern seine Pflicht zu erfüllen.

Eilfter Auftritt.

Die Vorigen, Lindor, Lisette, Wilhelm und sein Sohn.

Lindor. Ach gnädiger Herr! Dank sey es dem Himmel, der sie erhalten hat! Nunmehr darf ich sie doch nicht verlassen. (er küßt ihm die Hand.)

Medon. Nein! guter Mann, du hast ein besseres Schicksal verdienet, ich werde dich zu belohnen wissen.

Lisette. Und mir werden sie es nun abbitten, daß sie mich im Verdacht hatten —

Medon. Stillschweigend — Du sollst glücklich seyn!

Wilhelm. (In der Entfernung.) Ich wage es nicht. Mein Sohn! gehe du, und wirf dich zu seinen Füssen, vielleicht rühren ihn deine unschuldigen Thränen.

Wilhelms Sohn. (zu den Füssen des Medon.)
Sie

Sie sind mein Wohlthäter, gnädiger Herr! Ich bin ein armes verlornes Kind, wenn sie meinen Vater verstoßen. Er hat vielleicht noch einige Tage zu leben, er steht am Rande des Grabes. Sehen sie dieses graue Haar, diese Stirne voll Runzeln, diese Thränen.

Medon. Du darfst nicht bitten, es ist ihm schon vergeben.

Oront. Aber Medon, erlauben sie mir nur noch eine Frage. Ich bin von allem dem betäubt, was ich sehe. Wie haben sie auf einmal den gerechten Abscheu vor meine Verbrechen in Mitleid verwandeln, und vom natürlichen Widerwillen wider das Laster sich zur Güte herablassen können?

Medon. Aus Dankbarkeit gegen die Vorsehung, und aus Mitleid über ihre Reue. Die Natur hat ihre Rechte; Empfindung gegen die Beleidigungen, und Zorn gegen das Laster. Aber dies ist die Art, die mich die Weisheit, über die sie gespottet, lehrte, mich an meinen Feinden zu rächen. Die Thränen der Reue in ihren Augen, und das Vergnügen, Verlorne zurück zu bringen, ist dem rechtschaffenen Mann ein schöneres Schauspiel, als die blutige Rache einem Tyrannen.

Oront. Ich erblicke sie auf einer Höhe, die ich nicht erreichen werde. Sie sind ein ausserordentlicher Mensch, lehren sie mir doch das Geheimniß, ihnen ähnlich zu werden.

Medon,

Medon. Folgen sie mir: sie können es, so bald sie wollen, jetzt aber wollen wir uns ganz der Freude überlassen. Wie schön ist der Abend eines Tages an dem man sich einer guten Handlung bewußt ist! Clelie! sind sie nun die Meinige?

Clelie. Ja Medon! und auf ewig.

Ende des dritten Aufzugs.